ホーム・ラン

スティーヴン・ミルハウザー

柴田元幸 訳

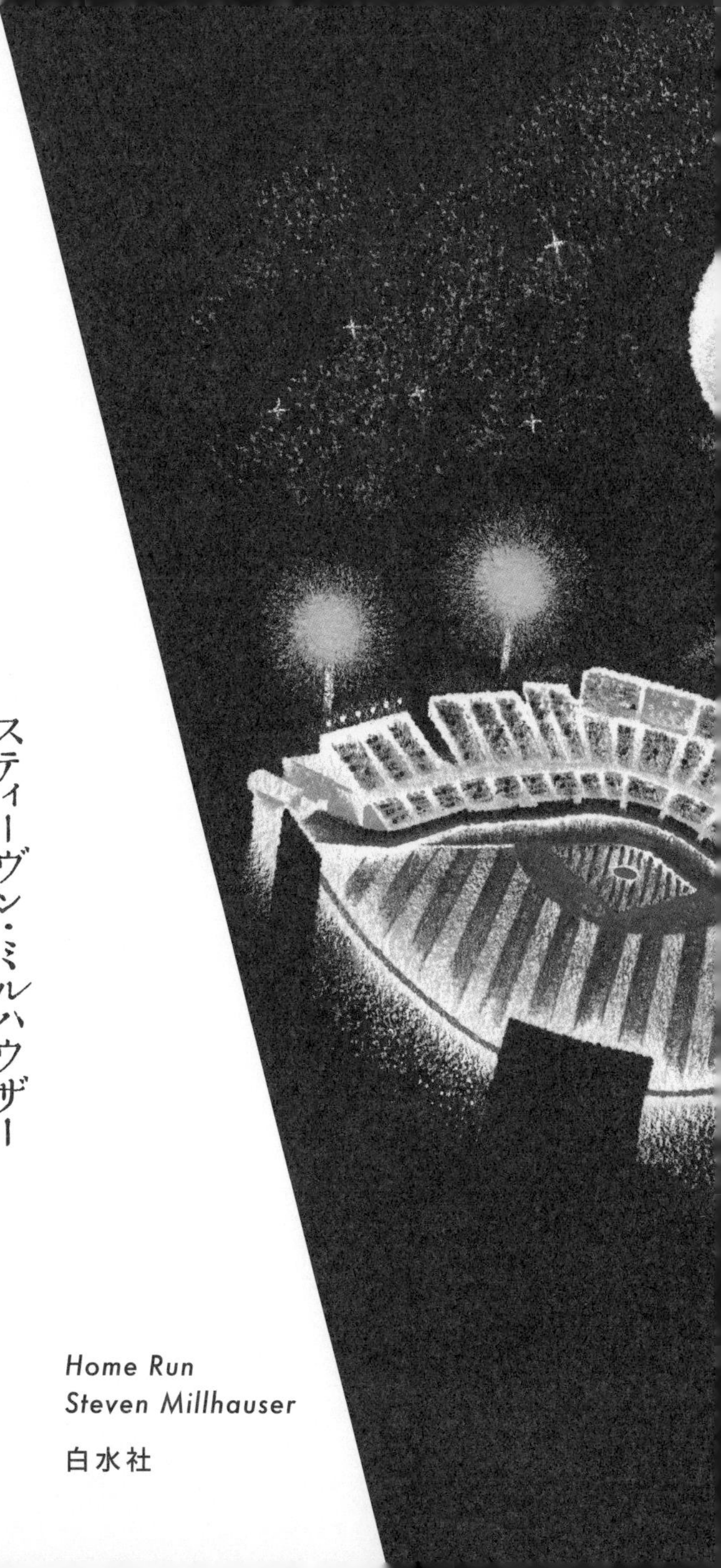

Home Run
Steven Millhauser

白水社

ホーム・ラン

ケイトに

目次

ミラクル・ポリッシュ

Miracle Polish

　玄関に現われた見知らぬ男に、私はノーと言うべきだったのだ。喉が妙に痩せていて、黒いサンプルケースの重みで体は少し斜めに傾き、上着の袖口の一方がもう一方より高くなっている。礼儀正しく断れば済んだはずだ。結構です。残念ですが。今日はやめておきます。そうしてドアを閉めて、錠を重くカチッと掛けて……でも私は、黒い靴の皺にたまった土の筋を見てしまっていた。すり減ったかかとを、上着の袖のてかてかを、目に浮かんだ必死のギラつきを。だからこそ追い返すべきじゃないか、と胸の内で言いながら脇へのいて、男がリビングルームに入っていくのを見守った。男はさっとあたりを見回してから、カウチの隣にある小さなテーブルの上にケースを下ろした。何か買おう、と私はもう決めていた。何だっていい。ヘアブラシ、ブルックリン橋の模型、買ってさっさと出ていってもらう、私にはもっとまともな用事があるのだ、だが男は急かしようもなく、骨ばった指で留め金を一つずつゆっくり外していき、陰気臭い声で、お客さん今日はツイてますよと言った。突然開いたケースの中に、まったく同じ暗い茶色のガラス壜が六列並んでいて、よくある咳止めシロップの壜より少し小さかった。二つのことに私は思いあたった。まず、このケースはものすごく重いにちがいない。そして、この男は長いあいだ何も売れていないにちがいない。商品はミラクル・ポリッシュという名だった。さっとひと拭きで鏡が綺麗になります。一本もらう、と私が言うと相手は驚いたような、ほとんど疑っているような顔になった。まるでもう何年も、売れない壜がはち切れんばかりに詰まったこのケースを提《さ》げて地上をさまよってきたかのようだ。何が人を駆り立ててこういう界隈を一軒一軒回らせるのか、私は想像しないように努めた。どの家にも玄関ポーチがあって、古いカエデの木があって、ガレージ前で子供たちがバスケットボールをやっている。ガールスカウトの女の子がクッキーを売ったり、向かいに住む女性が白血病患者支援の寄付を求めてきたりする地域。はき古した靴の、目に絶望の色が浮かぶよそ者が、ミラクル・ポリッシュなる茶色の壜が詰まった重たいケースを提げて家から家へとぼとぼ回ったりはしない。だいたい名前からして苛々する。子供だってもう少し気の利いた名を思いつきそうなものだ。もっとも、己のインチキぶりを臆面もなく見せつけているところは、天晴《あっぱ》れと言えば天晴れである。「私を信用しちゃだめですよ！」みんなに聞こえる声でそう叫んでいる感じ。「馬鹿なことしちゃいけません！」

もう一本いかがですかと男は言いかけたが、私の表情を見て、もう出ていく潮時だと悟ったようだった。「いい買い物をなさいました」と重々しく言いながら一瞬私を見て、またすぐ目をそらした。それからケースの蓋をカチッと閉めて、私の気が変わっては大変だとでも思っているみたいにそそくさと出ていった。私はなかば閉じたブラインドの板を一枚持ち上げ、サンプルケースの重みで傾いだ男の体が道路に向かって進んでいくのを見守った。歩道に出たところで男は立ち止まり、サトウカエデのかたわらにケースを下ろして、上着の袖で額を拭い、通りの先の方を転校生みたいな顔で見やった。すでにいくつもの顔がこっちを向いてジロジロ見ている。その視線を浴びながら、転校生は校庭を横切っていこうとしている。一瞬、男はふり返って私の家を見た。私が見ているのに気づくと不意にニヤッと笑い、それから眉間に皺を寄せて、またさっと前に向き直った。私はブラインドの板をガシャンと落とした。

鏡磨きなんかする気はなかった。食器棚の下の、予備の乾電池、電球、使っていない写真アルバムなどをしまっている引出しに私は壜をしまい、それっきりもう何も考えなかった。

一週間くらい経ったある朝早く、私は二階の廊下にある楕円形の鏡の前に寄っていった。毎朝出勤前にそうしているのだ。背広の両横を下に引っぱり、ネクタイをまっすぐにのばすと、鏡面に小さなしみがあるのが目に入った。ちょうど私の左肩が映るあたりだ。たぶんもう何年ものあいだずっとあったしみだろう――色褪せた肱掛け椅子や、両肱掛けのすり切れた祖母のカウチと一緒に両親の家の屋根裏から持ってきて以来ずっと。この楕円の鏡を、いままで一度でも綺麗にしたことがあっただろうか。葉や花を彫った古いマホガニーの枠の埃を、一度でも払ったことがあっただろうか。こんなことを考えるのはひとえに、あの骨ばった指と、すり減ったかかとの見知らぬ男のせいだと思いあたった。食器棚に近づいていきながら、男の声が聞こえてきて私は激しく苛立った。「お客さん今日はツイてますよ」

二階の浴室に置いた箱からティッシュを一枚取り、茶色い壜の蓋を回して外した。暗い色のガラスに、白い大文字でMIRACLE POLISHという言葉が浮かび上がっている。中の液体はどろっとして、傾けても動きはのろく、緑がかった白だった。ティッシュに少しつけて、しみを拭いた。手を放してみて、しみがなくなったのが見えると、私はほとんど失望した。そしてもうひとつのことに気がついた。鏡の残りの部分も、曇ったり変色したりしているように見えたのだ。本当にいままで、これに一度も気づかなかったのだろうか？　ポリッシュをもうひと振り出して、今度は表面全体を拭きにかかった。枠の四隅の曲線まで、しっかり拭いていく。あっという間に済んだ。私は一歩下がって見てみた。古いガラスのシェードが付いた頭上の電球の光に、そばの踊り場の窓から差す日光も混ざって、映っている自分がはっきり見える。でもそれだけではない。私の鏡像にはある種のみずみずしさが、見たこともないような光の仄《ほの》めきがあったのだ。私は興味津々眺めた。これ自体画期的なことである。私は鏡に映った自分に見入るような人間ではない。むしろ、鏡の前で使う時間は最小限に済ませるたぐいの人間である。疲れた目、失意の影が差す肩、敗北の雰囲気をたたえた己の鏡像と、簡潔かつ実際的な関係を持つにとどめている人間なのだ。それがいまは、これまでの鏡像とほとんどそっくりなのだが何かが、曇り空の下の芝生が陽が出てくると変わるのと同じように何かが変えられた人間の前に私は立っていた。楽しみに待つことがある人間、人生にいいことがあると思っている人間が私には見えていた。

その日の午後、仕事から帰ってくると、私は楕円の鏡に直行した。磨いた鏡の中を見て、みずみずしさの感覚にあらためて襲われた。この鏡、本当にこれほどまでに掃除の必要があったのだろうか？家にはほかにあと三つ鏡がある。二階浴室の洗面台の上の鏡、一階の洗面所の流しの上の鏡、そして二階浴室の窓の脇のフックから下がった、木の把手が付いた小さな円形の鏡。これまではどれも綺麗にする必要があるとは思えていなかったが、拭き終えると三つすべてから、自分の新しい鏡像が輝きを返してくるのが見えた。私はミラクル・ポリッシュの茶色い罎を手に取ってみた。ごく当たり前の、何の変哲もない壜に思える。磨いたことでもし私が若返ったように見えたり、ハンサムに見えたり、肌が滑らかにされ歯も直され鼻の形も変えられたとしたら、これは何かおぞましいトリックだとわかって、私としてもそんな代物にだまされたりはしないぞとばかり、拳骨でどの鏡も叩き割ってしまったかもしれない。だがその鏡像は、紛うかたなく私だった。若くなく、美男でなく、特に何でもなく、いくぶん前かがみで、腰に肉がついて、目の下には隈がある、誰も好きこのんでこうなりたいとは思わない風采の人間。にもかかわらず、その人間が、もうずっと前から見たことのない目つき、いろんなことをこれでいいんだと思わせてくれるような目つきで私を見返している。物事のよさを信じている人間——そういう言い方が頭に浮かんだ。

翌朝、目覚まし時計が鳴る前に目が覚めて、廊下の楕円の鏡に飛んでいった。私の像が輝かしく私を見返し、くしゃくしゃのパジャマすら、ある種の格好よさを帯びていた。冴えない壁も磨いた鏡の中では明るく見え、寝室のドアは深みのある茶色だった。浴室の鏡の中の私は光を発しているようで、洗面台も燃える白さだった。タオルもよりふわっとして見えた。一階に下りると、洗面所の鏡に映った窓はまばゆいカーテンの一部を見せ、その向こうには子供のころの夏の緑色の草が見えていた。仕事中ずっと、それら陽光を捉えたコインのように輝くガラス面のことしか考えなかった。帰ってくると、鏡から鏡を見て回り、ポーズを採ったり頭を右に左に回してみたりした。

私は前々から、偽りの希望を持ったりしないこと、事態を現実よりよく考えたりしないことが自慢である。だからいまも、鏡に騙されているだけじゃないのか、と自問してみた。ひょっとするとあの緑がかった白の液体には何か化学物質が入っていて、ガラスに接触すると視覚上の歪みを引き起こすのではないか。ひょっとすると「ミラクル・ポリッシュ」という言葉が私の脳細胞に作用して、さまざまな連想を生じさせ、鏡像の世界を見る目に影響を及ぼしているのではないか。何が起きているにせよ、他人の意見が、誰か信頼できる人間の意見が私には必要だった。モニカなら過ちを正してくれる、モニカならわかるはずだ――大きな、優しい、懐疑的な目で、度重なる失望によって暗さの増した目で世界を見るモニカ。

　モニカがやって来た。毎週二度、仕事を終えてから彼女はやって来る。一度目は火曜日に、二度目は一泊用の鞄を持って金曜日に。いつものとおり私は、彼女のことをじろじろ見すぎぬよう気をつけて出迎えた。あまり見ると、彼女はあとずさりして「何か変？」と訊きながら不安そうに片手を髪に持っていくのだ。自分の見てくれを容赦なく値踏みする習慣がモニカにはある。目はまあいいし、手首の格好と指の長さも悪くないし、ふくらはぎも耐えられるが、太腿、あご、大きめの膝、腰、二の腕については容赦なかった。蚊に刺された、あせもが出来た、小さな吹き出物が、等々肌にちょっとでもまずいことが生じるとひどく気を揉み、肩やふくらはぎによくこっそりバンドエイドを貼って、何かの軟膏を染み込ませていた。くるぶしまであるスカートをはき、無地の白いブラの上に着るブラウスも無地。色は暗めの緑、暗めの茶、暗めの灰色を組みあわせるのを好んだ。肩まである茶色い髪は、たいていまっすぐ垂らして真ん中で分けていたが、時おりうしろにひっつめて、巨大な昆虫みたいに見える大きな黒いクリップで留めたりもする。鏡があるとどこでも自分の姿を点検し、大きなパーティに出かける前のティーンエイジャーの女の子みたいにあらを探す。実のところは四十歳で、地元の高校で事務員をしていた。私たちはもう何年も、たがいに向かってじわじわ接近するものの、いまだ最後まで行ってはいなかった。彼女がまずちょっとためらってから気を緩めてほほ笑むところが私は好きだった。体がわずかに重たそうな感じ、かすかなぎこちなさ、軽く疲れているような雰囲気も好きだった。靴を脱いで、両脚をクッションに載せて、足指をゆっくりくねくね動かし、目じりに皺を寄せて「これほんとに、ほんとに気持ちいい」と言うのも好きだった。時おり、ある種の光の下で、体をある姿勢に保つと、物事が望んだようにはならなかった女性、敗北へとゆっくり沈んでいく女性が見えた。やがて、突然の仲間意識が胸に湧いてくる。どれだけ困難だかは私も知っているのだ、何かもっといいものを待つのが、決して起きはしないものを待つのがどれだけ辛いか。

私は彼女を楕円形の鏡の前に連れていき、明かりを点けた。「ごらん！」と私は言って、片腕をさっと仰々しく振ってみせた。別に大したものを見せるわけじゃない、そんな本気にするものじゃないんだよ、と伝えるつもりの仕種だった。磨いた鏡に映ったものを少しでも喜んでもらえるといいなと思ってはいたが、まさかこんなものが見えるとは予期していなかった——なぜならそこには、少しの疲れもない彼女、みずみずしいモニカ、生気あふれるモニカ、顔に悦びの光をたたえたモニカがいたのだ。服ももはや、若干くすんで若干老けて見えるのではなく、端正に控え目、誘惑的に抑え気味だった。鏡のおかげで若く見えたとか、美しく見えたとかいうことではまったくない。モニカは若くもないし、美しくもない。けれども、何か内なる締めつけが取り除かれたように、じわじわ不幸へと移行していく流れが断ち切られたように思えたのだ。鏡の中のモニカは繊細なしなやかさを発散させていた。モニカはそれを見た。彼女がそれを見るのを私は見た。じきに彼女は体を左右に回し、腰を撫で下ろして長いスカートをのばし、肩を引いて、髪を整えた。

いまや毎朝、一種わくわくした気分で私は起床し、廊下の鏡に直行するようになった。くしゃくしゃの髪でさえさりげない自信の表われと見えたし、目の下の隈は障害に立ち向かい乗り越えるのが習慣である人間を物語っていた。勤務先で自分の小部屋に籠もっていても、妙に軽い心で集中して仕事し、午後遅くに帰ってくると四つの鏡に映る自分を見て回った。そこで思ったのだが、二階廊下の楕円形の鏡に達するには、まずは玄関前の廊下を通って、真ん中が凹んだカウチのある薄暗いリビングルームを通らねばならず、キッチンも横切って、二組のギシギシ軋《きし》む階段――踊り場までのは長く、二階廊下までのは短い――をのぼらないといけない。ある晩夕食を終えると、私は町外れまで車を走らせ、新しいモールと安値合戦をくり広げている古いショッピングセンターに行った。ミキサーとジューサーの棚の向こうに、売場はあった。細長い鏡、オークや暗い色のウォールナットの枠が付いた四角い鏡、巨大な眼鏡レンズみたいな丸い鏡、台付きの姿見、銅めっきのブロンズ枠が付いた鏡、下の枠にフックが並んだ鏡。自分の鏡像は極力避けながら――ここにある鏡では悲しげな目をした疲れた男しか見えないので――チェリー材の枠に入った長方形の鏡を選んだ。家に帰って、食器棚の引出しを開け、茶色い壜を取り出した。布を数回丹念に動かして鏡を磨いた。これを玄関の廊下の、クローゼットの向かい、古いスリッパや園芸用の靴を並べたブーツ棚の隣に掛け、一歩下がって見てみた。天井の電灯の光の下で私は自分の鏡像を見た。肩に布を掛けて鏡像は立ち、これから何が控えているにせよそこに飛び込んでいく気満々で私を見ていた。袖をまくり上げ、布を肩に掛けた、やる気十分の表情で立つ彼の姿を見て、私は思わず微笑んだ。そして私に戻ってきた微笑みは、鏡から流れ出て、私の腕、胸、顔、血に入り込んでくるように思えた。

翌日、仕事が終わってから家具店に立ち寄って、もうひとつ鏡を買った。持ち帰って磨いてからキッチンへ持っていき、テーブルと向かいあわせに掛けた。これで夕食を食べながら、好きなときに顔を上げて、オークのテーブル、チキンの腿肉とベークトポテトを盛ったぴかぴかの皿、光にゆらめく食器、そしてさっと機敏に顔を上げる私の鏡像を見ることができる。鏡像は何か重要な要件を告げられた人物のように見えた。

金曜日にモニカが玄関から入ってきて、鏡を見たとたんぴたっと立ち止まった。私を一瞬見て、何か言いかけたように思えたがやがて目をそらした。鏡の前で彼女は長いことじっと、考え深げに自分自身を見ていた。私の方に向き直りもせず、リビングルームに入る前に髪とブラウスを確かめられるのも悪くないわね、特に大雨のときや風が強いときは、と彼女は言った。私は何も言わずに、彼女の鏡像が頬にかかった髪を大胆にかき上げるのを見守った。鏡像とモニカは一緒に鏡の端の方へ動いていき、リビングルームの中に消えていった。

キッチンに入ると、モニカの唇が小さな輪に引き締まるのを私は見た。それは拗《す》ねた気分と、頑固な厳格さとが組み合わさった、私が好きになれたためしのない表情だったが、新しい鏡の中には悪戯っぽく尖らせた口が見えただけだった。「単なる実験だよ、もし君がどうしても気に入らないんだったら——」「だってあなたの家でしょう」「いやそういうことじゃなくて」。彼女はさっと私を見て、目を伏せた——これは黙って抗議するときのやり方だ。彼女は鏡に背を向けて座り、私はハーブティーを淹れてやった。向かい合わせに座ると、そのこわばった顔の向こうに、彼女の後頭部、髪を通して見えているブラウスの襟のうしろ側、両の肩甲骨のてっぺんが見えた。庭師とのトラブルを彼女が私に物語るなか、そのどの部分も実に楽しそうだった。一度、窓の外を見ようと彼女が横を向くと、鏡の中に、額のカーブ、上向きに反った鼻の底面、鼻孔と上唇とのあいだの小さな斜面が見えた。その横顔の繊細な活気に、私はハッとさせられた。

一日待ったあと、その次の日に、暗い色の枠が付いた大きな鏡をリビングルーム用に買い、カウチの向かいに掛けた。茶色い壜を取り出していねいに磨き、一歩下がって、その磨いた奥まりに出現した新しい部屋をほれぼれと眺めた。モニカはもちろん唇をすぼめるだろうが、これが一番いいということがやがてわかるはずだ。家の一連の鏡は、何とも悦ばしい気持ちを私の胸に満たしてくれるのであって、ひとつも鏡のない部屋なんて、暗い独房じゃないかと思えたのだ。私はテレビ室用に全身鏡を、二階の寝室用にシンプルな枠の付いた長方形の鏡を、廊下の先のゲストルームにもそれと同じ品を持ち帰った。ヤードセールで古い盾形の鏡を買って、地下室の洗濯機と乾燥機のあいだに掛けた。ある晩、キッチンに入ると落着かぬ気分に襲われ、モールから帰ってきてキッチン二つ目の鏡を、二つある窓のあいだに掛けた。

モニカは何も言わなかったが、彼女の中で敵対心が筋肉のように固まりつつあるのが感じられた。私としても、自分が奇怪にふるまっていること、何か妄執《もうしつ》に憑かれた人間のようにふるまっていることに無自覚ではなかった。と同時に、自分がやっていることは全面的に自然で必要なことなのだとも思えた。家を明るくするために窓を増やす人もいる。私は鏡を買うのだ。それはそんなに悪いことだろうか？　ヤードセールでも鏡はしじゅう目に入ってきた。ピンクの皿を積んだグラグラのテーブルに立てかけてあったり、町の高級住宅地の屋敷での遺品セールで廊下や寝室に掛かっていたり。私はリビングルームに二つ目を加え、二階の浴室に三つ目を加えた。玄関扉の内側に、傘立ての色とマッチする暗い色の枠の鏡を掛けた。わが鏡たちの前を通るとき、部屋に入っていきながら自分の姿を一瞬でも目にするとき、幸福感が胸に湧き上がるのを私は感じた。何がいけない？　モニカは時おり、すべてを笑い事で済まそうとした。「え、踊り場はひとつだけ？」。そうして、私が考え込んでいくのを見て彼女の表情が変わる。あるとき彼女は「ねえ、ときどき思うんだけど、あなたはあそこにいるあたしの方が」――そう言ってどれかの鏡を指さす――「ここにいるあたしより」――自分を指さす――「好きなんじゃないかしら」。からかうように、軽く笑いながら言うのだが、その表情には不安げな問いかけが浮かんでいた。そんなことはないと伝えようと、私は彼女にしっかり注意を向けた。目の前にいるのは、心配の浮かぶ額と、不幸そうな目をした女性だった。この家のすべての鏡から彼女が私をじっと見ているさまを私は想像した。その瞳は澄んでいて、希望に満ちている。そうして、彼女の暗い茶のセーター、落着かなげに暗い緑のスカートの皺をのばす手、口に浮かぶ緊張の線を見るにつけ、もどかしい思いが募ってくるのだった。

　私たちは万事上手く行っているんだ、何も変わっていない、私は鏡の奴隷なんかじゃないんだと訴えようと、土曜日のピクニックを私は提案した。バスケットにランチを詰めて、湖への長いドライブに出発した。モニカは見たことのないつば広の麦わら帽子をかぶり、いくぶん光沢のある新しい薄緑のブラウスを着ていた。車の中で彼女は帽子を脱いで膝の上に置き、背もたれに寄りかかりなかば目を閉じて、陽の光が顔の上でさざ波を打つに任せていた。ごく小さな緑の宝石が耳たぶで輝いた。ピクニック場で私たちは、小さなビーチに接した高い松林に点在する、日なたと日蔭の交じったテーブルのひとつに座った。暑い、眠気を誘う日だった。グリルの煙が枝の中に上がっていった。一人の男が片足をピクニックテーブルのベンチに載せて立ち、上げた腿に片腕を下ろし、手に缶ビールを持ってビーチと海を見はるかしていた。子供たちがテーブルのあいだを駆け回った。ビーチでは膝まであるスイミングトランクスをはいた男の子三人が、巨大なグラブとライムグリーンのテニスボールを使ってキャッチボールをやっていた。ぽっちゃりした母親とガリガリに痩せたティーンエージャーの男の子がバレーボールを打ち返しあっていた。ビキニ姿の若い女たちと、胸に白髪の生えた男たちが砂の上をそぞろ歩いていた。海の中では何人かが水を撥ね上げながらキャッキャッと笑っていた。耳が上に長い黒い犬が口に棒をくわえ、岸に向かって泳いでいた。もっと沖の方でカヌーが何隻か動くのが見え、オールが持ち上がり陽光のしぶきを浴びていた。モニカの方を向くと、この午後が丸ごと彼女の顔と目に流れ込んでいた。ランチを食べたあと、湖をなかば囲んでいる散歩道を私たちは散歩した。水際で細い帯を成す砂浜のあちこちで、人々がタオルの上に仰向けになって日光浴をしていた。私たちもちくちく刺す藪を越えて湖畔まで降りていった。砂の上でモニカはサンダルを脱ぎ、長いスカートを持ち上げ水の中に入っていって、首をうしろに倒し目を閉じて日の光を一杯に取り込んだ。その瞬間私には、モニカと私にとってはどんなことだって可能なんだと思えた。私は彼女の方に寄っていって、「こんな君は見たことがないよ!」と言った。目を閉じたまま彼女は「あたし今日はあたしじゃないのよ!」と言った。そして笑い出した。それから私も笑い出した——自分たちが言ったことのせい、彼女の笑い声のせい、太陽と空と湖のせいで。

帰り道、彼女は頭を私の肩に載せて眠った。遠出で私も疲れてはいたが、彼女と同じような疲れではなかった。午後が過ぎていくなかで、不安な気分がじわじわ胸に忍び込んできていたのだ。水を照らす陽のぎらつきに目が痛んだ。暑さがのしかかってきた。いろんなものにのろのろとした感じ、気だるい感じが漂っていた。モニカもいつもより力を使って歩いているように思えた。まるで空気に暑い重さがあって、その中を押して進まないといけないみたいに。私たち二人は、麦わら帽をかぶった彼女とカーゴショーツをはいた私は、湖畔の一日を楽しんでいる普通の人々を演じている役者のように思えた。実のところ、私は失望の重みに肩も垂れた男、かつて思っていたようには物事が進まなかった男である。物静かで、人生においては慎重、はっきり言って臆病、だが一日のいろんなささやかな儀式を漫然と通り抜けていくことでそれなりに満足している男である。そしてモニカは？　私は一瞬彼女の方を見た。片手の甲が脚に置かれている。四本の指が横に傾き、親指がその前に垂れている。その四本指と親指の何かが、絶望の形のように私には思えた。

けれども、家に帰って玄関を開け、モニカのうしろから家の中に入ると、いい気分が戻ってきた。鏡の中に私たちは立っていた。きらめく緑のブラウスを着た彼女と、日焼けの輝きを顔にたたえた私。磨いたガラスの光沢の奥で、彼女の手が持ち上がって優雅な弧を描き、麦わら帽を脱いだ。

リビングルームで、私は両方の鏡の中に、弾む足どりでキッチンの方に歩いていく彼女の姿をちらちら捉えた。日の当たるキッチンで、彼女の快活な鏡像が、光を浴びてきらめく水の入ったピッチャーを取り上げた。もう一つの鏡を見ると、輝く水を入れたグラスを彼女は持ち上げかけて、急に止まり、口を開けて威勢のいいあくびをした。「ちょっと横になるわ」と彼女は言った。私が首を回すと、彼女のすぼめた唇と疲れた瞼が見えた。階段をのろのろのぼって行く彼女に私もついて行った。踊り場の新しい鏡の前を通ると、一瞬、彼女の髪がガラスから私に炎を送ってよこした。階段をのぼり切ると彼女は厳めしい顔で歩き、楕円形の鏡を見もせず寝室に入った。彼女の明るい鏡像がベッドに横になり目を閉じるのを私は見守った。私も疲れていた、疲れていたどころではなかった、けれど家にいることがとにかく嬉しくてその喜びが落着かぬ活力で私を満たし、その力に駆られて私は家じゅうの部屋をさっそうと歩き回った。時おり、磨かれた鏡の前で立ち止まって首を右に左に回してみた。あたかも鏡のたくさんあるこの家が、古い重さや疲れを私の体から取り除いてくれるかのようだった。突然思い立って、まだ三分の二残っているミラクル・ポリッシュの壜を私は取り出し、洗濯機の側面に立てかけられた、どこに掛けるか私が決めるのを待っている新しい鏡に使った。

　その晩、私たちはリビングルームに座り、モニカはまだ疲れている様子で少し不機嫌そうだった。私はさっき彼女をカウチに導き、上機嫌な鏡像が見える位置に座らせようとしたのだが、彼女は自分を見ようとしなかった。抵抗の念が彼女の中から、手がぐいぐい押すみたいに出てくるのが私には感じられた。鏡の中の彼女のブラウスの肩を私はほれぼれと眺めた。それから、もう一人のモニカの方を、カウチの上にぎこちなくひどく静かに座っているモニカの方をそっと見た。嵐を前にじわじわ暗くなっていく空を私は感じた。「できない《キャント》」と彼女が言うのが聞こえた気がしたがあまりに小さい声だったので本当に喋ったのかどうかもよくわからなかったし、もしかしたら「できる《キャン》」と言ったのかもしれなかった。

「君、いま何て——」と私は息をひそめて言ったが自分でもほとんど聞きとれなかった。

「あたし《アイ》、できない《・キャント》」と彼女は言い、今回は間違いようはなかった。「ほんとに完璧な日だったのに。

それが今度は――これ」。片腕を疲れた様子で振って、部屋全体、宇宙全体を示すようなしぐさ。鏡の中で彼女の鏡像が悪戯っぽく片腕を振ってみせた。「あたし、できない。頑張ってみたけど、できない。あなた、どっちかに――どっちかを選ばなくちゃ駄目よ」

「選ぶ？」

彼女の答えはあまりにひそやかで、息を吐き出すだけとさして変わらないように思えた。「あたしか――彼女か」

「というと……彼女？」

「彼女が憎い」とモニカは小声で言い、わっと泣き出した。そしてすぐに泣き止んで、大きく息を吸って、またわっと泣き出した。「あなたはあたしを見ない」と彼女は言った。「でも僕としては――」と私は言った。「もう帰らないと」と彼女は言って立ち上がった。もう泣いていなかった。もう一度大きく息を吸って、曲げた一本指の甲で鼻孔を拭った。スカートのポケットに手を入れ、ティッシュを一枚取り出したがティッシュはばらばらに崩れた。「これ」と私は言ってハンカチを差し出した。彼女はためらい、ハンカチを受け取って、鼻孔にぽんぽんと当てた。そしてハンカチを私に返した。それから私を見て、私に背を向けて立ち去りかけた。「行かないで」と私は言った。「あたしか彼女かよ」とモニカは小声で言い、玄関から出ていった。

次の一週間、私は仕事に打ち込んだ。仕事はちょうど、私の全面的注意を必要とする程度の複雑さだったが私の興味を少しも惹きはしなかった。五時にまっすぐ帰宅し、どの部屋でも慰められた。だが私だって子供ではない。無邪気に自分を欺いて、ひたすら困難から逃避しようとする人間ではない。

私はいろんなことを理解したかったし、決断に達したかった。はじめからずっと、モニカと私のあいだには深い親和性があった。彼女は用心深く、人生に多くを期待しないよう鍛えられていて、小さな喜びも有難く受け容れ、希望には用心し、限られた状況に甘んじることに慣れていて、もっと多くを欲しいと思うと同時に欲しいと思うまいと努めるのが習慣だった。そしていまミラクル・ポリッシュが現われて、これ見よがしに、からかうようなささやきを送ってよこす。いいじゃないか？　とそれは誘っているように思えた。いいじゃないか、何が悪い？　だが、私に力を与えてくれる鏡たち、私を新しい生で満たしてくれる鏡たちは、彼女の憤りを誘った。偽りのバージョン、ギラギラ派手なバージョンの方を、バンドエイドを貼っていて膝が大きくて悲しみの重荷を背負った生身のモニカより私が好んでいると感じたのだろうか？　でも私を惹きつけたのはその反対のものだった。ぴかぴかの鏡の中に私は、真のモニカ、隠されたモニカ、何年もの幻滅に埋もれたモニカを見たのだ。磨かれた幻影の世界に逃避するどころか、これらの鏡の奥に、すり減っていく望みと色褪せていく夢によってもはや暗くされることもない世界が私には見えたのだ。そこではすべてがはっきりしていて、すべてが可能だった。でもモニカは絶対こういうふうに見るようにはならないだろう。私にはそのことがよくわかった。モニカが鏡の中を見るとき、そこには、私を彼女から引き離しつづける場所しか見えなかったのであり、その場所に、心底嫉妬させられるライバルを彼女は見たのである。

氷の張った道路を車で走っていて土手の方へ横滑りしていく人間のように、下したくない危険な決断に向かって自分がゆっくり動いていきつつあることを私は感じた。

さらに一週間が経ってようやく、自分が何をするつもりかを私は悟った。夏の盛りで、隣人たちは玄関ポーチに出て、団扇《うちわ》代わりに畳んだ新聞で顔を扇いでいた。スプリンクラーがしぶきの弧を芝や車寄せに送り、コンクリートが陽を浴びて黒い甘草飴《カンゾウアメ》のように光った。梯子のてっぺんにのぼった、野球帽をかぶった男がペンキの刷毛を物憂げに前後に動かしていた。土曜の午後だった。私はその朝モニカに電話して、大事なものを見せたいんだと彼女に告げてあった。私たちは玄関ポーチで落ちあうことにした。年配の夫婦みたいに座ってレモネードを飲み、子供たちが自転車で通り過ぎるのを眺め、リスがせかせかと電話線を走っていくのを眺めた。コマドリが一羽、道端の草をせかせかとついていた。しばらくして私は「中に入ろう」と言った。すると彼女は私を、あたかも何か訊ねようとしているみたいな顔で見た。「あなたがそうしたいなら」と彼女は間《ま》を置いた末に言い、両の手のひらを上に向けた。

玄関から足を踏み入れると、モニカは立ち止まった。あまりにも急に止まったので、まるで誰かに肩をがっしり摑まれたみたいに思えた。このあいだまで鏡が掛かっていた場所を彼女が呆然と眺めるのを私は見守った。彼女は私を見て、それからもう一度壁を見た。そして今度は玄関扉の方を見た。暗い色の扉板が、廊下の照明の下で鈍く光っていた。モニカは手をのばして私の腕に指を触れた。

私は彼女に家のすべての部屋を見せ、見慣れた壁一つひとつの前で立ちどまった。リビングルームでは私の両親の写真が、一方の鏡が掛かっていた壁から私たちを見ていた。もう一方の場所には、背の高い花瓶に色の薄い花が活けてある柄の色褪せた壁紙に、小さな穴が二つあるだけだった。キッチンでは新しいポスターがいろんな種類の紅茶を見せていた。二階の廊下には楕円形の鏡の代わりに、家鴨《アヒル》が二羽いる茶色い池のかたわらに古い水車小屋を描いた額縁入りの絵があった。二階の浴室にも一階の洗面所にも、面取りした鏡のある新しい浴室用キャビネットが流しの上に掛かっていた。感謝の念が一気にモニカの頬にのぼって来るのが私には見えた。ツアーが終わると、彼女を食器棚の引出しに連れていき、茶色い壜を出した。キッチンで彼女は、そのどろっとした緑がかった白い液体を私が流しに空けるのを見守った。空になった壜を私はすすぎ、レンジの横のゴミバケツに放り込んだ。彼女は私の方を向いて言った。「あなたにこんな素敵な贈り物もらったのって——」

「まだ終わりじゃない」と私は声に興奮をにじませて言い、彼女を連れてキッチンのドアを抜け、木の階段を四段下りて裏庭に出ていった。

家の裏の壁にすべての鏡が、まちまちの角度で立てかけて並べてあった。二階廊下の楕円の鏡が、地下室の窓の上に寄りかかっている。玄関の鏡二つ、木の枠に収まったキッチンの鏡全部、地下室の盾形の鏡、リビングルームの鏡全部、寝室の鏡全部、テレビ室の全身鏡、ゲストルームの鏡二つ、二階浴室のキャビネットから外した鏡、一階の洗面所の鏡、踊り場の鏡、そして買って磨いていつでも掛けられるようクローゼットに入れてあった鏡たち——四角い鏡、丸い鏡、木のスタンドに載った回転式の鏡、四葉のクローバーをかたどった鏡。明るい日差しの下で、磨かれた鏡たちは宝石のように光った。

「さあ、行くよ！」と私は言ってさっと片腕を投げ出した。それらの前を、端から端まで私は歩いていった。家に立てかけた鏡の前を一つひとつ過ぎていくなか、自分の体のいろんな部分が目に入った。靴とズボンの裾、ベルトとシャツの裾、全身鏡に突如現われた全身、ぶんぶん振られた片手。時おり背後の緑、あざやかな緑の草に囲まれて立つモニカのライバルの断片も見えた。「さて」と私は群衆に語りかけようとするみたいに言い、劇的効果を高めるべく一瞬間《ま》を置いた。そっとモニカを見ると、そこに立つ彼女の表情は何とも測りがたく、心配げな表情かとも思え、私は彼女に、何も心配は要らない、すべて君のためにやってるんだから、万事丸く収まるよ、と請けあってやりたかった。列の一番端の、幅の広い鏡のうしろに私はかがみ込み、金槌を取り出した。そうして金槌を高く持ち上げ、ガラスめがけて振り下ろした。それから鏡の列に沿って順々に戻っていき、金槌を振り下ろしてはガラスのまぶしい尖った破片を夏の大気の中に送り出した。「どうだ！」と私は叫んでまたひとつ叩き割った。「そうれ！」と私はどなった。振り下ろし、叩き割った。湿り気の筋が顔に広がった。鏡のかけらがシャツに貼りついた。

思ったよりずっと早く済んだ。家の裏手に沿ってずっと、鏡のかけらが草の上に転がってギラギラ光っていた。あちこちで空っぽの枠が、いまだ木にくっついている三角のガラスを見せていた。私は手に持った金槌を見た。突然、それを庭の向こう側、奥に並んだ唐檜《トウヒ》の木めがけて高く放り投げた。金槌がゆっくり、針だらけの枝から枝へ落ちていくのが聞こえた。

「これでよし！」と私はモニカに言った。何かを成し遂げたときみたいに、両手を払う仕種をしてみせた。それから、彼女の前を行ったり来たりしはじめた。恐ろしい興奮が私の中で燃え上がった。首で血が脈打つのが感じられた。その血が皮膚をつき破ってあざやかな赤い色をほとばしらせるさまを私は思い描いた。「彼女はいなくなったよ！　それが君の望みだったんだ！　そうだろう？　そうだろう？　みんないなくなった！　バイバイ！　これで満足かい？　どうだい？」私は彼女の前で立ち止まった。「満足かい？　どうだい？」私は身を乗り出した。「どうだい？　どうだ？　どう？」もっと近くに乗り出した。あまりに近くまで乗り出したのでもはや彼女が見えなかった。「満足かい？　どうだい？　どうだい？　どうだ？　どう？」

モニカは彼女に唯一できることをやった。すなわち、逃げた。だがその前にまず、いまにも何か言い出しそうな様子で彼女はそこに立っていた。顔をくり返しひっぱたかれた女性の表情で、呆然と私を見ていた。傷ついた思いと、疲れと、一種痛みを伴った優しさがその表情に見てとれた。そしてそのすべてと一緒に、静かな確信のようなもの——すでに心を決めた人間の確信。やがて彼女は回れ右して立ち去った。

ある種の落着かなさはあまりに恐ろしく、もはや家でじっとしていることもできない。そんなとき人は、部屋から部屋へ、見捨てられた町を訪れた人間のように歩き回る。私は毎日、ミラクル・ポリッシュの輝きを帯びた鏡たちを悼んだ。かつて彼らが掛かっていたところは、いまは壁紙の模様、額縁に入った絵、ドアの羽目板、埃の筋しか見えなかった。ある日、車でモールに行って、無地の暗い色の枠に収まった楕円形の鏡を買って帰り、二階の廊下に掛けた。あくまで背広の点検に使うためだった。一度、玄関のベルが鳴り、二階から駆け降りていったが、広口瓶を手に新しいボーイスカウト隊の募金を集めている男の子がいるだけだった。灰色の気分が埃のように私に降ってくるのが感じられた。一壜のミラクル・ポリッシュ——それはそんなに高望みだろうか？　いつの日かあの見知らぬ男はきっとまた来るはずだ。重いケースに傾いだ体で、男は私の家に向かって歩いてくるだろう。リビングルームで留め金をぱちんと外し、何列も並ぶ茶色い壜を見せるだろう。陰気臭い声で、お客さん今日はツイてますよと私に言うだろう。私は彼に、静かな、だが断固とした、自信に支えられた声で、全部買う、一壜残らず買うと言うだろう。目を閉じると、彼の顔に浮かぶ疑りの表情が私には見える。そこにはまた、いくらかの狡猾さと、一筋の軽蔑と、耐えがたいほどの希望の兆しが混じっている。

息子たちと母たち

Sons and Mothers

I

母にはしばらく会っていなくて、もろもろ考えてみるとかなり長いあいだ、ありていに言ってしまえばすごく長いあいだ会っていなくて、最後にこっちへ帰ってきたのがいつのことだったか思い出すのも容易でなかった。思えばこれは不思議なことであり、実際妙な話であって、というのも私たちは昔から親密な仲だったのだ、母と私は。そんなわけで私としても、この地方に出張中、たまたま近くの町まで来られて嬉しかったわけだが、実のところ若干不安でもあった。スケジュールはぎっしり詰まっていて、一日じゅう人と会う用事が入っており、息をつく暇もなかったからだが、ここは何とか車を飛ばし、ちょっとついでに寄るだけでも、せめてそれくらいしなくては、何しろ久しぶりなのだから、と自分に言い聞かせたのだった。

かつて慣れ親しんだ界隈は、私を動揺させた。どこもかしこもすべて変わってしまっていて、まあそれは予想できてしかるべきなのだろうけれど、にもかかわらず何ひとつ変わっていないとも言えて、変わったということもいわば、同じさを改めてあらわにしているだけという気もした。古いカエデの木が消えて、若木が代わりに現われていた。私が記憶していた木々はもっと高く太くなっていて、かつてお山の大将ごっこをして遊んだ空地には緑の屋根板に覆われた黄色い家が建ち、ある家の庭はサヤエンドウの支柱が並ぶ菜園だったのがいまは芝生になっていて白い枝編み細工の椅子や縁に石の鳥がとまったバードバスがあった。けれど四つ角の古い柳の木はまだあったたし、あの黒い屋根の隣はいまも赤い屋根であり、数字がネジ止めされタールを塗られた電信柱も残っていて、ポーチにブランコ椅子のある化粧漆喰《スタッコ》の家の向こうは郵便箱が二つあり玄関も二つある茶色い家だった。私の母の家、夢のなかで何度も出てくる家は、いまも前と同じところにあって、四つ角近くに建つ二軒の大きな家に両側からはさまれていたが、私をしばしひるませたのは、長年知ってきた家にすごく久しぶりにたどり着きつつあったということではなく、そもそもそれがまだそこにあったということそれ自体であって、私はもう、あたかもその家が、この夢見られざる現実世界にはもはや物理的に存在しえぬような気がしていたのである。

車庫に至る私道に入っていく前から、草が伸びていること、壁板が汚れていること、玄関までの通路を草がところどころ覆いかぶさるように隠していることを私は見てとった。刈り込まれていない茂みが、窓枠より高くまで枝を突き上げている。私の母は昔から家をきちんと手入れする人であり、私は一瞬、この家にはもう長いこと誰も住んでいないのだという錯覚に襲われた。玄関前の小さな階段はひとつの段の片側が崩れかけ、ポーチの照明のガラスの笠は埃で黒ずんでいた。見慣れた呼び鈴の、茶色い楕円に囲まれた黄色っぽいボタンを私が押すと、ピン、ポンと二段階の音が聞こえた。その音を聞くまで、母が出かけているかもしれないという思いは私の頭にまったく浮かんでいなかったが、何しろ気持ちのいい午後なのだし、陽は輝き空は青く、海に行きたくなって実際行ってしまうたぐいの夏の日であり、あるいはこちらはいろんな理由がありえようが町へ出かけていたっておかしくない。

母が出かけているのなら、そしてどうやら出かけているようなのだが、まあ私たち双方にとってそれが最良なのかもしれないとも思え、というのも、このあいだ私が帰ってきて以来もうずいぶん、そう、ずいぶん長い間隔が、いま果たそうとしているたぐいの訪問で済ますにはあまりに長い間隔が空いていたからだった。私はもう一度呼び鈴を押し、ポケットの小銭をじゃらじゃら鳴らして、ポーチ側面の手すりの向こうに植えたアゼリアの茂みを眺めた。誰もいないが、それでいいのかもしれない。私は回れ右したが、それからまたくるっと踵《きびす》を返し、網戸を開けて木のドアを試してみた。押すとあっさり開いた。把手に手を掛けたまま私はためらったが、結局中に入っていった。

玄関広間で私は止まった。上にガラスのボウルが載ったマホガニーの本棚はいまもそこにあった。私が高校のとき使った古い赤い辞書もあれば、こっちには後ろ足で立つ馬を象《かたど》った木彫りのブックエンド、片目が失くなった象牙の鯨もある。ある棚では、本が一冊、少しだけ引き出されていた。この本はいつもこんなふうだっただろうか。

玄関広間から、薄暗い居間に入っていった。重たいカーテンに両側からはさまれて、ブラインドが下ろされていた。古いカウチはまだあったし、父のお気に入りだった古い肱掛け椅子も、かつて私がモーツァルトのソナタとブギウギブルースを覚えたピアノもあった。ピアノの横は、以前背の高い花瓶がピアノ椅子とロッキンチェアのあいだに置かれていた空間だった。私の母はその空間近く、部屋の奥の方に立っていた。なぜ母が、こんな暗くした部屋のそんな場所に、晴れた昼日中《ひるひなか》に立っているのか理解に苦しむ。やがて私は、母がきわめてゆっくりこっちへやって来つつあることを見てとった。花柄の絨毯の上を、あたかも湖の底を歩いているかのように母は前進していた。小綺麗な、七分袖のワンピースを着ていて、薄明かりのなかをこわばった様子で近づいてきながら、何の音も立てなかった。

私は急いで歩み寄った。「あの——僕だよ」と私は両腕をつき出しながら言ったが、歩くだけで頭が一杯なのだろう、母は下を向きっ放しで、私はぎこちなく、あたかも嘆願するかのように両腕をつき出してそこに立っていた。

ゆっくりと母は顔を上げ、目を上げて私を見た。ビルを見上げている人みたいだった。影のなか、私には厳《いか》めしいと見える表情を母の顔は帯びていた。自分の両腕が、翼が畳まれるように両脇に下がっていくのを私は感じた。

「あなたのこと知ってるわ」と母が言った。あたかも変装を見破ろうとするかのように、母はじっと私を見据えた。

「それはよかった」と私は自分が言うのを聞いた。

「あなたが誰だか知ってるわ」と母は言った。そして、まるで二人でゲームでもやっているかのように悪戯っぽく微笑んだ。「そうよ、私、あなたが誰だか知ってるのよ」

「だといいね！」と私は言って、軽い笑い声を上げた。自分の笑い声が、劇場に一人きりでいる男の笑いのように聞こえて私はうろたえた。静かな声で私は「久しぶりだね」と言った。そしてそれは嘘ではなかったけれど、自分の口から発した言葉の響きが我ながら嫌な感じで、何だか自分が母をだまそうとしているみたいな気がした。

母はなおもじっと私を見ていた。「呼び鈴が聞こえたわ」

「びっくりさせたくなかったからね」

母はこの言葉について考えているように見えた。「誰かが呼び鈴を鳴らしたのよ。私は玄関に出ようとしていたの」。そう言って玄関広間をちらっと見やり、それからまた私を見た。「夕食は何時がいいかしら？」

「夕食？　あ、いやいやいや、そんなにいられないよ、今日は無理なんだ。僕、ただ――僕、ただ――」

「ごめんなさいね」と母は言って片手を上げ、その手で自分の顔に触れた。「私ね、何でも忘れてしまうのよ」

手を降ろすと母は「何の用なの？《ホワット・ドゥ・ユー・ウォント》」と言った。

その言葉は静かに、戸惑い混じりの好奇心の口調で発せられた。私に答えられるような問いではない。私は何が欲しいのか？《ホワット・ディド・アイ・ウォント》　あらゆるものがかつてそうであった状態に戻って欲しいし、一家揃っての外出が、誕生日の蠟燭《ろうそく》が欲しいし、熱っぽい私の額に冷たい手が触れて欲しいし、暗い居間に立っている、母親の顔を何とか見ようとしている慇懃無《いんぎんぶ》礼《れい》な中年男なんかに私をならせないで欲しい。

「母さんに会いたかったんだ《アイ・ウォンテッド・トゥ・シー・ユー》」と私は言った。

母は私をしげしげと見た。私も母をしげしげと見た。母は私が覚えているより青白かった。灰色がかった髪は、いままで見たことのないくっきり白いものが混じり、ふわっと小綺麗なウェーブをかけてうしろに撫でつけてある。ワンピースの襟元からティッシュがはみ出ていた。腕時計は着けていなかった。

「お茶はいかが?」と母は出し抜けに訊ね、私がよく知っているやり方で眉を上げ、そのせいで瞼が持ち上がって目が大きくなった。大学のころ、私が帰ってくるたび、そしてだんだん帰ってくることも少なくなったその後の年月にも、母がいつも、眉を高く上げ嬉しそうに目を輝かせて「お茶はいかが?」と言ったことを私は思い出した。

「大歓迎だよ!」と私は言って、すぐさま自分の口調を嫌悪し、母の腕を摑んで、こんなにも細くなってしまっては皮膚に紫色のあざが残るんじゃないかと思いつつ、上板が大理石の、彫刻を施したキャビネットのかたわらにある自在ドアの方へ母を連れていった。

台所はものすごく明るくて、一瞬目を閉じずにいられなかった。開けると、母も目を閉じていた。私たち二人が、陽のあたる台所で、ゲームをしている子供たちみたいに目をつぶって立っている姿が思い浮かんだ。けれどそのゲームのルールは誰も私に教えてくれていなくて、もしかすると台所に入ったこと自体そもそも間違いだったかもしれず、依然目を固く閉じている物言わぬ母の横で光を浴びて立ちながら、ここで自分は何をすればいいんだろうと私は思案した。私たち二人の、長くなっていく一方の沈黙にところどころ言葉の糸が織り込まれた、頻繁とは言えない電話での会話を私は想った。冷蔵庫には、木を描いた色褪せたスケッチが貼ってあった。私が三年生のときに描いた絵だ。カウンターはまずまず清潔に見え、ところどころにパン屑が落ちている程度で、レンジの上面は一個の電気コンロの周りに茶色っぽい輪がある以外は汚れもなかった。母はどうしたかと見てみると、さっきとまったく同じところに立っていた。目は開いていた。

「大丈夫?」と私は言い、自分の言葉に苛立った、なぜなら大丈夫なんかじゃないのだから、けれど私の声を聞いて母は向き直り、私を見た。

「あなた、どこから来たの?」と母は穏やかに、驚きの響きをかすかににじませた声で言った。

私は答えようとして口を開いた。その問いは、はじめはごく簡単な問いに思えたが、いざ考えてみるとだんだん単純ではない気がしてきて、正しい答えは何なのかわからなくなって、私はためらってしまった。

「ああ、思い出したわ」と母は言った。本当に嬉しそうな表情になって、たったいまダンスパーティに誘われた娘のように若さと希望がその顔にあふれて見えた。母の顔に、たったいまダンスパーティに誘われたみたいに喜びが広がるのを見て私も心を動かされたけれど、それでもまだ、思い出したと母が言うのが、この明るい台所で息子が久しぶりに目の前に立っていることを思い出したのか、何かほかのことを思い出したのかは定かでなかった。

母はゆっくりレンジの方に行って、小さな赤い薬罐《やかん》を持ち上げ、流しの方へ持っていこうとした。一心不乱、眉間に皺を寄せ、まるですごく重い物を持ち上げているように見えた。

「さ、手伝うよ」と私は言って、薬罐に手をのばした。私の手が母の手を叩き、まるでナイフで母に切りつけたかのように私はさっと手を引っ込めた。

流しの前で母は立ちつくし、手に持った薬罐を見下ろして、少しのあいだ眉間に皺を寄せてそれを見ていた。じきに、蓋を取ろうと格闘しはじめ、そのうちにいきなり蓋が外れた。薬罐を流しに下ろして、冷水の蛇口をひねると、空っぽの薬罐に水が騒々しく注ぎ込んだ。母は水を止めて、蓋を元に戻し、薬罐をレンジの方に持っていって、慎重にコンロの上に載せた。コンロに載った薬罐を母は立って見ていたが、やがて食卓の方へ進んでいった。私が椅子を引いてやると、母はこわばった動きで腰を下ろした。背中はぴんとまっすぐのばしたまま、肩はうしろに引き、畳んだ両手を膝に載せた。私はレンジまで行って、銀のつまみをひねった。指にも覚えのあるそのつまみは輪にぎざぎざがついていて、消えかけた黒い文字で高《ハイ》と書いてあった。

私が食卓に座ると、さっきから洗濯機の方をぼうっと見ていた母が、ゆっくり私の方に視線を移した。「どれくらいか、わからないわ」と母は言った。私の心理状態のせいか、母の硬直した姿勢のせいか、それともその口調の厳めしさのせいか、とにかく私は母が、薬罐の湯が沸くことを言っているのか、この世に残された自分の時間のことを言っているのかわからなかった。

「ますます若く見えるよ！」と私は、例によって不誠実な口調で言った。

すると母は、これまで私に微笑みかけるときつねにそうであったように、優しげな表情を私に向けて微笑んだ。そして私はそれを有難く思った、なぜなら母が、こんなに久しぶりなのにこうやって微笑んでくれるということは、つまり私たちの間柄は、こんなに久しぶりであっても、まあとにかく大丈夫ということなのだ。

「ポーチに座ります？」と母は、四枚のガラス窓をはめたドアの方を見ながら言った。それで私は夏のあいだ母がポーチで過ごすのが好きだったことを思い出した。図書館から借りてきた本と、氷二個とレモン一切れが入ったアイスティーのグラスを手にポーチに座るのだ。

私はコンロの電気を切って、ガラス窓をはめた、ポーチに通じるドアの方へ母を導いていった。ガラスとガラスのあいだの細長い部分に塗った濃い赤のペンキが剝げかけていて、ずっと前に自分が鑿《のみ》を持ち出してガラスに飛び散った塗り立てのペンキをこそげ落としたことを私は思い出した。

ドアのチェーンを外して、母の先に立って二段の踏み段を降り、暑いポーチに出た。すきまから陽ざしが入ってきている、半分上げた竹のブラインドの下で、窓の埃がうっすら光っていた。

「網戸、下ろしてあげようか」と私は言った。

「あのね」と母は言った。「いま何か言おうとしてたのよ。舌の先まで出かかってるの」。母は曲がった指で顔に触れた。「このごろすごく忘れっぽくて！」

寝椅子に母は横になり、私は母の脚を持ち上げて椅子に載せてやった。「ここはほんとに気持ちいいわね」と母は言って、疲れた笑みを浮かべてあたりを見回した。「何も聞こえないし」。母はなかば目を閉じた。「ここなら一日じゅう座っていられるわ」。母はそこで言葉を切った。「あ、思い出した」

私は待った。「思い出した？」

「もちろん思い出したわ」。母はからかうような目で私を見た。

「僕にはよく――」

「部屋よ」

「そう言われても――やっぱりまだ――」

「部屋を支度しないと。そうしなくちゃ。部屋を。思い出したでしょ」

「あ、部屋ね、いやいやいや、今夜は駄目なんだ。ちょっと通りかかっただけだから。どうかお構い――このままここに座ってお喋りできれば」

「それも素敵よね」と母は言って、膝の上で両手を重ねた。母は私を、次に私が何か言うのを待っているかのように見た。「もし何か欲しい物があったら」と母は言って、片手を軽く上げ、家具、竹のブラインド、壁に掛かった小学校のときに描いた額入りの絵を示した。「何でもいいのよ」。手が膝の上に戻った。ゆっくりと母は目を閉じた。

埃っぽい窓のある暑いポーチの、木枠つきのコルクのコースターが二つ置かれた枝編み細工のテーブルのかたわらに私は座った。母に何かを、母に理解してもらえるような何かを言いたい気がしたが、何を理解してもらいたいのか自分でもよくわからなかった。それに私たちは暇じゃないのであり、時間はどんどん過ぎていくのであって、私はちょっとついでに寄っただけなのだ。「母さん《マム》」と自分が小声で言うのが聞こえた。静かなポーチにその言葉がくっきり響いたことが、あたかも誰かの手で顔を触《さわ》られたかのように私を不安にした。「聞こえる？」。椅子に座っている母の体がわずかに動いた。「しばらく来なかったことはわかってるよ、何かと忙しくてさ、わかるでしょう、だけどやっぱり――」。ポーチは陽が差して窓は閉まっていてとにかく暑苦しかった。窓をひとつ開けて網戸を下ろそうかと思ったが、眠りに落ちたように見える母を起こしてしまいたくなかった。光が斜めに生々しく差し込むなか、母の片腕の肱から先がすさまじく白く見え、熱で蒸発しかけているかのように、ある種ぼんやりした、靄《もや》がかかったみたいな感じが生じていた。キラキラ光る自分の腕時計に私は目をやった。午後は夕方に近づいてきていた。とはいえポーチで眠っている母親を、捨て子みたいに置き去りにしては行けないし、さよならも言わずにこっそり立ち去れるわけがない。だいいち私には母に言いたいことがあるのだ、前々からずっと手遅れにならないうちに言おうと思っていたことがあるのだ。暖かい砂のようにぐいぐい押してくる重たい陽ざしのなか、私は椅子に深々と座って目を閉じた。

II

私はよく、母を探してかつてのわが家で部屋から部屋を回る夢を見たが、目が覚めるたびにそこはどこか遠くの都市なのだった。そしていま、かつてのわが家の見慣れたポーチで目が覚めて、と同時にこれから夢に入っていくような奇妙な感覚に私は襲われた。結局のところ、私が夏の日に、何もすることがない子供みたいに幼いころの家のポーチに座っているなんて、どれだけありうる話なのか？光が変わったことに私はすぐ気がついた。埃っぽい窓を通していまも陽は差していたけれど、大気からは輝きが漏れ出てしまっていた。重たそうな木の枝がガラスに押しつけられていた。もうひとつ私は気づいた——母がそこにいなかったのだ。紐のような蜘蛛の巣が、ひとつの窓のてっぺんから、寝椅子の裏側までのびている。どうしていままで目に入らなかったんだろう？　自分が何か許しがたく注意を怠ったような気がして、不安のさざ波が押し寄せ、私は椅子から飛び上がって、そのせいで椅子の脚が木の床を擦《す》り、埃っぽい木の枝をちらっと一目見てから私は台所に飛んでいった。

母はそこにいなかった。レンジには凹んだ赤っぽい黒の薬罐が、電気の入っていないコンロに載っていた。変化した光のなか、レンジの上面に太い煤の筋が何本か見え、部屋の四隅には蜘蛛の巣が、テーブルの上には黄色いしみが見えた。リノリウムの四角い一切れが冷蔵庫の足下でめくれ上がっていた。汚れた窓の外、大きな木の葉がガラスに当たって動いていた。地図の川みたいな形のひびが窓ガラスに入っていた。

軋《きし》むドアを押して開け、私は居間に入っていった。さっきよりずっと暗かった。陽の光が家の前面をぐいぐい押して中に入るすきまを探しているさまを私は思い浮かべた。母は私に背を向けて、部屋の真ん中に、森で迷子になった人のように立っていた。

「そこにいたんだね！」と私はさも快活に言った。母はなおも私に背を向けて立っていた。暗くなっていく部屋で、母は、蜘蛛の巣並みの密度がある空気に絡みつかれて動けずにいるみたいに見えた。私はそばに寄っていき、街灯柱を回り込むみたいに母の体を回り込んで、正面から母と向きあった。

「心配してたんだよ」と私は言った。

母は頭をゆっくり、私の顔をまっすぐ見ようとして持ち上げた。すごく時間がかかるみたいだった。上げ終えると、とまどった様子で眉間に皺を寄せた。「ごめんなさいね」と母は、ぎらつくまぶしい光を覗き込もうとするみたいに目をすぼめて私を見た。「人の顔、なかなか覚えられなくて」

私は自分の顔を母の顔の方に傾け、指一本で自分の胸をとんと叩いた。「僕だよ！　僕！　どうしてそんな――ねえ、しばらく来なかったのはわかってるよ、説明しづらいことなんだ、いつも何かあってね、でもいまはこうしてここにいるわけだし、それに――」

「いいのよ」と母は言って片手をのばし、慰めようとするみたいに私の腕をぽんと叩いた。

どうしていいか決められぬまま、私は母の前に立っていた。暗くなっていく光のせいだったかもしれないが、重たいカーテンが掛かってブラインドも閉じたその部屋で、母の髪は前より薄くなったように見え、ほつれ毛が幾筋か飛び出し、瞼の片方がほとんど閉じていた。ねじれたワンピースの下、スリップが白い裂け目のように垂れていた。顔もいまややつれて見え、輪郭があらわに浮かび、まるで鼻と頬の骨が内側から皮膚を押しているみたいに見えた。私は部屋のなかを見回した。暖炉の縁があちこち崩れかけて見え、カウチも午後の重みを受けて沈み、ピアノの鍵盤は十月の木の葉の黄色だった。

「よかったら座らない?」と私は誘った。

母は面喰らったように眉をひそめて私を見た。目がぼんやり曇って見えた。「それもすごく素敵ね」と母は言った。そして片腕をのばして私の手に触れた。「私ね、もう昔の私たちほど若くないのよ」。母は軽く笑って、手を下ろした。そしてもう一度私を見た。「本当に嬉しいわ、来てくれて」。絨毯の上に何かを探しているみたいに母はちらっと下を向いた。指輪か硬貨でも落としたのだろうかと、私もその視線をたどってみた。暗さの増した部屋の薄闇に、渦巻く花の模様はもう溶けて消えていた。目を上げると、母は私を見ていた。「あなた、いい子ね」と母は言って、指二本で私の手の甲に触れた。

私はふたたび母の、あまりに細いので手首を摑んでいるみたいな二の腕を摑み、ランプテーブルのかたわらの肱掛け椅子の方にゆっくり導いていった。母がひどく難儀そうに進むものだから、あたかも母自身の足は全然動いておらずもっぱら私に押されて絨毯の表面を滑っているみたいだった。血管がくっきり浮き上がった私自身の手は、誰かの醜い顔を思い起こさせた。椅子に近づいていくにつれ、母の動きはますます緩慢になっていき、もはや自分たちが少しずつ前進しているのか、それとも強風に抗って進もうとしているみたいにただ立っているのだけなのか、私にはわからなくなってしまった。

何度かそっと引っぱって、前へ行かせようと促してみたが、母が私の指を引っぱり返すのが感じられた。やがて、母の口がこわばり、腕にも力が入って、眉が寄ったことに私は気づいた。「いいんだよ」と私はささやいた。「このままだ——」「嫌よ！」と母がひどく荒々しい声で叫んだので、私は思わず手を離してさっとうしろに下がった。「どうしたの、何か——」と私は言いかけたが、そのとき一気に記憶がよみがえってきたのだ、もう何年も前、葬式のあと、母がもう二度と父の椅子に座らないと宣言したことを。私はもう一度母の腕を摑み、今度はカウチの方に導いていった。影に包まれたコーヒーテーブルの前まで来ると、見覚えのある形が見えて、私はかがみ込み、青い荷物を背負った青い男に目を向けた。青い髪に埃が積もっていた。青い肩の一方が欠けていた。「ほら、これ！」と私は、男を拾い上げてその体を右に左に回しながら言った。「オールドマン・ブルーだよ。ねえ覚えてる、僕が子供のころ、この人のこと世界で一番の年寄りだと思ってたこと？」

「どんどん年寄りに」と私の母は言った。

カウチの隅っこに母は、もう思うように体が曲がらなくなったみたいにこわばった様子で腰掛けた。部屋は暖かだったが、私は母の膝に赤とグレーのアフガン編みの膝掛けを掛けてやった。「さあ」と私は言って、テーブルランプを点けた。薄暗い電球がちらちら点滅したが、消えはしなかった。ランプシェードの上で、色褪せたパラソルを持った色褪せた女の人が色褪せた橋の下を覗き込んでいるのが見えた。「これでゆっくり座ってお喋りできるよ」

「そんなの無理よ」と母はか細い声で言った。目がすでに閉じかけていた。どうしてゆっくり座ってお喋りできないのか私は考えあぐねた、母にはいろいろ言わないといけないことがあるのだ、それが何なのかはよくわからなかったけれど、話してみれば自分が何を探しているかわかるかもしれないのだ。やがて母がゆっくり片手を、目は閉じたままあたかも何かを取ろうとしているかのように上げるのが見えた。手は肩の高さまで上がり、そのままさらに上がっていって、顔とランプの中間で止まった。ものすごく薄い、光が貫いてしまいそうな手だった。

「あの、何か――」と私は言いかけ、突如理解し、身を屈めてランプを消した。母の手がゆっくり膝に降りていって、止まった。

静まり返った居間で、私は沈みかけた父の椅子に戻ってそこに座り、カウチの隅で依然背をのばして動かずにいる母を見た。さっきポーチにいたときと変わっていることは感じとれたけれど、それでも、膝にアフガン編みを載せてそこに座っている母はそれなりに落着いて見えた。まるで昔のようだった、私が帰省してきて、母はまさにそこ、カウチの隅に本と読書用眼鏡を携えて陣取り、父は書斎で採点をしていて私は肱掛け椅子にやはり本を携えて座っている。私は帰省するのが好きだった、本のページがめくられる音と外で子供たちが遊ぶ声を聞きながらその椅子に座っているのが好きだった、そして何より、子供のころから続いている何か平和なものがいまも家じゅうを流れているのを感じるのが好きだったのであり、そしていま、どうして自分はあれをみな手放してしまったのだろうと思わずにいられなかった。そして、眠気を誘う暖かさに包まれて座っていると、ハミングが聞こえた気がして、それは幽霊のような、私の幼年時代から漂い出てきたメロディだった。母がよく歌っていた、母自身子供だったころの歌だ。「僕、覚えてるんだけどさ」と私は言った、母と話したかったから、かつて自分が子供だったころ母がハミングしていたメロディを覚えていると母に伝えたかったから、けれど何度もハミングの音が私の言葉に割り込んできて、そうしてやっと私は、いままさにそこに座った母がそのメロディをハミングしているのだと気がついた。暗くなっていく部屋で目を閉じて座っている母が、私たち両方の子供時代からのメロディ、ぽんぽんぽんと三段階上がってからゆっくりと羽根が落ちるみたいに落ちていくメロディをいまハミングしていることに私は心を動かされたが、と同時に、自分がここにもういなくなる前に母と話ができるよう、ハミングをやめてほしいという気持ちもあった。何といっても、ちょっとついでに寄っただけなのだから。やがて母のハミングが止むと、私は言った、「しばらく帰ってなかったのはわかってるけど、いまちょっと話せたら、ちょっとでいいから、僕と話を――」誰もいない家で大声を上げたみたいに、私の言葉は意図したより騒々しく響いた。

私の声を聞いて、母はハッと目覚めたようだった。膝から膝掛けを払いのけて、立ち上がろうとあがきはじめた。私も私で眠りから起こされたかのように、母が転びそうになったら支えようと立ち上がり、少しのあいだ二人とも、黄昏の薄闇で何か危険なものを一緒に見たかのように中腰の前屈みになっていた。中腰のまま静止した母が、部屋自体から発しているように聞こえるしゃがれたささやき声で、「あなた、なぜここにいるの?」と言った。その問いは一陣の風のように感じられた。これに答えられさえしたら、そうしたら今日一日の何かは救われるのだと思え、私は自分の奥底に血のように潜む言葉を探した。けれど母はもうすでに、あたかも一対の手に引き戻されたかのようにカウチに座り直していた。溶解していく室内で倦怠感が、幼年期の疲れのように私を襲い、立ち上がる力を養おうと私はしばし肱掛け椅子に沈み込んだ。

Ⅲ

目を開けると、部屋はさらに深く闇に沈んだように思え、もう日没なのか真夜中なのか冬なのかあるいは何かほかの時間なのかもしれず、私はふと、いますぐ父の椅子から立ち上がって外の世界に戻らなければ自分もオールドマン・ブルーやランプシェードの色褪せた女の人みたいにこの死にかけた部屋の一部になってしまうと思った。ほとんど見えなくなったカウチの上、くしゃくしゃに丸まったアフガン編みが見てとれた。私の母はそこにいないようだった。体を押し出すようにして私は立ち上がり、闇をカウチの方へ進んでいって、あたかも母が猫みたいにその下にもぐり込んだとでも思っているかのようにアフガン編みをぽんぽん叩いてみた。それから、念のため、持ち上げてみた。膝掛けの下に何か滑らかで硬いものがあるのが感じられた。膝掛けの下にあるのが何なのか私には理解できず、私の指があちこちを押し、やがて突然、それが眼鏡ケースだとわかった。少しのあいだ私は、この眼鏡ケースは私の母なのだ、母が小さくなって新しい形を帯びたのだという奇妙な感覚に襲われた。そして私は、母が眼鏡ケースになったのだという思いから疚《やま》しさ混じりの安堵の波が押し寄せてくるのを感じた、もうこれで心置きなく帰れるのではないか、これでもう母の身に危害が及ぶこともあるまいから。この思いを進めていくさなかにも私はあたりを見回しはじめ、ひょっとして母はピアノの方に迷い出ていったのだろうか、それとも湯が沸くのを待ってひっそり台所で座っているのだろうかと考え、ひたすら闇が広がるばかりに見える室内を進んでいったが、と、ロッキンチェアから遠くない位置に立っている人影が見えた。母はどこへ行こうとしているんだろう、もうほとんど止まっているみたいにしか動けないのに、と思ったが、そばへ寄っていくと、かつて花瓶が置いてあった隅の方を母は向いていた。ロッキンチェアとピアノのあいだに立って、壁のなかに入っていこうか思案しているように見える。

「ねえ、座りたい?」と私は、ささやきだったかもしれないし叫びだったかもしれない声で言ったが、母はそこに立ちつくしてぴくりとも動かなかった。「僕、ほんとにもう行かないと」と私は言って、自分の声にこもったじれったさに腹を立てた、いったい私にじれったく思う権利などあるのか、もはや思い出したくもないくらい長いあいだここに帰ってこなかったというのに。それから私は手をのばし、目の前にまっすぐ立っているのになぜかカウチに横たわったみたいに見える母に触れようとした。私の手が、母の腕の、肱より下に届いた。腕は棒みたいに硬かった。母の体が、この闇のなか、硬化しはじめているように思えた。黒い空気のなか、ほつれ毛が頭蓋に貼りついて見え、顔の肌は蠟のように青白く見えた。「僕にどうしてほしいの?」と私は言い、その声に拗《す》ねた響きを、自分が何かを奪われた気でいるような響きを聞きとった。

「僕の声、聞こえる?」と私は訊いた。「僕はここにいるよ」。母は何も言わなかった。広い野原で木のかたわらに立つ人間のように私は立っていた。あまりにじっとしている母は、もはや動きというものの終焉に達してしまったかのようだった。私は腕時計を見ようとしたが、腕の大半は消えていた。闇のなか、私はピリピリした思いで、一種獰猛な用心深さとともに、家具の縁にぶつかるのを恐れつつ室内を行ったり来たりした。そのせわしない行き来はどこか抑制されていて、自分が何か柔らかい障害物をかき分けて進んでいるような、あたかも絨毯の模様の花が一気に太腿の高さまで伸びてきたような思いがした。外の藪が窓のてっぺんよりさらに上まで伸び、窓をつき破って中に入ってくるさまを私は思い描いた。ひびの入った街路から、尖った雑草がどんどん生えてきている。痩せこけた猫たちが人のいなくなった家々をうろついた。母を一か所に落着かせることさえできれば、甚だしいせわしなさに追い立てられた人間みたいに家のなかを漂わせるのでなく一か所に落着かせることができれば、母が穏やかな気持ちでじっとしているとさえわかったら、そうしたら私も、それなりに安らかな気持ちで暇《いとま》を告げられるかもしれない。今回訪ねてきて母に言いたかったことすべてを言ってはいないけれど、今日の午後母に私はほとんど何ひとつ言ってはいないけれど、それでも私たちはかつてと同じようにポーチで一緒に過ごしたのであり、二人きりで居間に座ったのであり、それはそれでなにがしかの意味はあるはずだ。

母は陽のあたるポーチにいた方が快適ではないか、かたわらの枝編み細工のテーブルにアイスティーを置いて寝椅子に横たわっている方がこの暗い居間に立っているよりいいのではないかと私は思い立ち、その思いを抱えて、室内を行ったり来たりするのもやめて母の方へ向かっていった。母は依然じっと動かなかったが、母の位置がどこかしら変わったという印象を私は抱いた。さらに近づいてみると、母はごくわずか一方向に傾いているように見えた。その謎めいた、体の向きを変えはじめたような姿勢の意味を私は理解しようと努めた。やがて私は、緩慢に、戸惑いとともに、母が倒れつつあることを悟った。私は飛んでいったが、間に合わなかった。ガンと鋭い音とともに母はロッキンチェアの肱掛けにぶつかった。私は両手で母をつかまえた。母の両腕が石のように硬く感じられた。その体を持ち上げると何かがカタカタ鳴った。空っぽのロッキンチェアが前後に揺れた。

「大丈夫?」と私は叫んだが、母は夢のなかに閉じ込められていた。手の側面の、椅子にぶつかった箇所が、肉をえぐり取られたみたいに、一部分が欠けてしまったみたいに見えた。私は必死の思いであたりを見回した。こんなに硬直したままでは椅子に座らせることもできない。狂おしい一瞬、ピアノベンチの上に母を横たえようかと私は考えた。

両腕で母を、若い妻か丸めた絨毯かを持ち上げるみたいにして持ち上げ、台所のドアを足で押して開けた。光はなくなっていた。巨大な木の葉が、人の手みたいに窓にへばりついていた。私は片足で食卓から椅子を二脚引き寄せ、くっつけて並べた。その上に母を、背もたれに安全に体重がかかるように横たえてから、カウンターの上に置いた古い電話のところへ飛んでいった。電話はつながっていなかった。ダイヤルの上に埃っぽい蜘蛛の巣がのびていた。

とにかく落着くんだ、落着けばおのずと解決策も思い浮かぶはずだ、と私は思ったが、集中を保つのは困難だった。椅子の上に横たわる母の姿勢は危なっかしく見えた。母が無事なのを確かめようと屈み込んでみると、ワンピースがよじれて、上の方のボタンがいくつか外れているのが見えた。鎖骨がひとかたまり、指関節みたいに突き出ていた。

そうっと、優しく、私は両腕で母を抱き上げた。母の顔は滑らかで穏やかだった。体は硬直していても、心は満ち足りているようだった。視界から沈んでいこうとしている台所のなかを私は見回した。外で森が立ち上がっているかのような感触に私は襲われた。

丸く構えた両腕に母をしっかり抱えて、居間の闇に私は戻っていった。何も見えなかった。母のベッドがはるか遠くにあった。広大な闇の彼方に隠れたカウチを私は想った。かりにあそこまで行けたとしても、母の体をそっとあそこに横たえられたとしても、母がクッションからゆっくり転がり落ちてコーヒーテーブルの縁にぶつかってしまうさまが思い浮かんだ。どうも私ははっきり考えていないのかもしれない、全然考えていないのかもしれない、けれど狂おしい思いで周囲の闇に目をこらしていると、いつしか私は、ピアノのかたわらの隅を、かつて背の高い花瓶が置いてあった隅を思い出していた。母はいつもあの花瓶が大好きだった。

母を抱えて川を渡っているかのように、横向きに両腕で抱きかかえたまま、絨毯の上を進んでいって、ピアノとロッキンチェアのあいだの空間まで行った。ピアノとロッキンチェアが闇よりも黒く浮かび上がった。「大丈夫?」と私はささやいた。母は何も言わなかった。私は自分の両腕の高さを少しずつ、母の片足が絨毯に触れるのがわかるまで変えていった。慎重に、私は母を立たせた。そうっと、斜めに、母をピアノの側面に寄りかからせた。「よし」と私は言った。ロッキンチェアを引き寄せ、母の傾いた足の縁に当ててから、そっと部屋を出た。

居間の静けさのなか、母はピアノに寄りかかって立ち、誰かがソナタのゆっくりした楽章を弾くのにじっと耳を澄ましているかのように見えた。お気に入りの部屋で、長年家にあるピアノに昔と同じようにゆったり寄りかかった母は、心安らかに見えた。私が七つのときにピアノを教えてくれたのも母だったし、母はこうやって、ひっそり音も立てずに立ち、私が弾くのを聞くのが好きだった。ここにいれば、ほかのどこにいるより安全に思えるじゃないか、少なくとも当面は、そう私は胸のうちで言った。少しのあいだ私は闇のなかで立ち、母が隅で静止しているのを見守った。それから私は歩み出て、母の石のような肩にキスした。「また会えてよかったよ」と私は言った。必要な電話はこれからかけよう、母がちゃんと世話を受けるよう手を打とう。私はうしろに下がって、軽く手を振った。

玄関広間に行くと、ふり返って、もはやそこにない居間を見た。この訪問には紆余曲折があったし、万事スムーズにというわけには行かなかったけれど、それでも私たちは少し話をしたのだ、母と私は、私たちは昔ながらの場所に座ったのだ。そしていま母は、ピアノの側面に安全な角度で寄りかかって休んでいる。きっと母は、母なりに大丈夫だろう、と私は思った。母のいる方向に、私は別れの一瞥を投げ、もう一度だけ闇に向けて手を振り、昼だか夜だかが残っている方へ向き直ると、何だかんだ言ってもよい訪問に終わったなと思い、またいずれ、しばらくしたら、またきっとこっちへ帰ってくるのだと考えて、それなりに慰められたのだった。

私たちの町で生じた最近の混乱に関する報告

A Report on Our Recent Troubles

私たちは予備調査を終え、ここに報告書を委員会に提出する。

ほぼ六か月にわたり、私たちの町は、町の存続を脅《おびや》かす出来事に悩まされてきた。何世帯もの家族がよその街へ引越したものの、苦境から逃げられぬことを思い知らされてきた。この難局をある者は呪いと呼び、またある者は因縁と呼んでいるが、私たちとしてはもう少し地味な言葉を遣いたい。町にとどまった者たちは、あたかも何ひとつ変わっていないかのように日々ふるまおうと努めてきたが、もはやすべてが変わってしまったことは承知している。私たちの顔の表情までいまや違っている。我々の子供たちの笑顔すらかつての笑顔ではなく、誇張の気配、無理した陽気さの気配を露呈している。空っぽになった家々、手入れされていない芝生が何ブロックも続くのを私たちは目にする。決して開かない網戸を猫が引っかく。町民たちの大きな集団が黄昏どき、あたかも何か目的があるかのように空地に集うものの、結局また三々五々去っていく。このような状況にあって、語れる者は誰か？それは、あえて希望を抱く我々、事態の只中に在りながらも把握しえぬものを把握せんと距離を置いて事態を見ようとする者たちだ。これら異常な出来事の歴史を辿り、その隠れた原因を突きとめる任を、私たちは買って出たのである。

誰もが思い出せる限り、私たちの町は住み心地のよい町だった。通勤路線の始発地点に暮らす私たちは、より大きな世界とじかに繋がっている感覚を享受しつつ、自らを世界の外に置く満足も同時に得ている。自分たちの生き方を護るために、共同体全体として外界から隔たっているとの思いを持てているのだ。この町で私たちは、より古い、より田舎ふうのアメリカの手ざわりを保っている。北側の森、手すりの付いた木の橋が掛かった小川、インディアンの埋葬地といったひそやかな場が、鉄道駅、六車線の高速道路、新しく出来たマイクロチップ工場と共存している。この町では街路も木蔭に富み、家々はきちんと手入れされ、明るい裏庭にはブランコ、ローンチェア、大きなパラソルを差した丸いヒマラヤスギ材のテーブルがある。スターリング公園の、我々の子供たちが野球をやっているダイヤモンドには本物のベースがあり、ピッチャーズマウンドにはピッチャーズプレートが付いていて、金網のバックネットがあって、細板作りのベンチのかたわら、日なたと日蔭が縞模様になっているところで犬たちが寝そべっている。むろん、ほかの町同様、私たちの町でも厄介事は起きるし、私たちとて人間である。だが全体として、私たちはここに住めて嬉しいのだ。空がつねに、私たちが知るよその町よりほんの少し青く、木の葉もほんの少し緑が濃く思えるこの町に住めて。

大気中に何か転換、変化が生じたのだろうか？　ひとつだけ特定の瞬間を抜き出すのは記録を歪めることにしかならない。そういうやり方は、原因と結果を繋ぐ明確な歴史があることを暗黙の前提にしているのであり、現実に起きたことをめぐる私たちの実感を裏切るものでしかない。ただそうは言っても、およそ半年前、今年の三月に、何かが徐々に現われたということに関しては誰もが合意できる。そのころに三つの、見たところたがいに無関係な出来事が起こり、特にどういう方向を指すということもなしに強い印象を残したのである。一つ目は、グリーンウッド・ロード四五一番地に住むリチャーズとスザンヌのラウリー夫妻の自殺。夫妻は五十代前半、裕福で健康、夫婦仲もよく、友人の輪も広かった。遺書は残されていなかった。警察が捜査したものの何の秘密も露見せず、愛人・恋人のたぐいもいなければ病気も隠れていなかったし、およそいかなる問題も発見されなかった。何よりもまずそうした動機の欠如が、私たちの多くを不安にし、やがては怒らせたのである。命を無駄に捨てただけでなく、測りがたい謎を残していったラウリー夫妻を私たちは非難した。あいつらは我々に悪意があってあんな真似をしたんだ、自分たちはほかの誰も何も必要としていないことを見せつけようとしたんだ、といったいささか不快な発言が聞かれもした。こうした解釈は、私たちの大半から見て狭量で意地悪いものに思えたが、とはいえ私たちとしてもそれを、誰もが感じている不満の表われ、苛立ちとともに抱いている不寛容な気持ちのあかしと考えはした。

二週間後、七十四歳の元高校数学教師で、肝臓ガンと診断されたカール・シュナイダーをめぐる報《しら》せが届いた。自ら命を絶ったシュナイダーの死は、ラウリー夫妻の心中ほどは注目を集めなかったが、誰もが十分意識はしていたし、まっとうな理由のある自殺を——人によっては天晴《あっぱ》れな自殺、とすら言うだろう——してくれたシュナイダー氏に対し、ひそかに感謝の念を感じもした。それは私たちにも容易に理解できる自殺だったのである。この意味で二つの出来事は、たがいに何の関連もないものの、私たちの胸のなかで結びついていた。また、『タウン・レッジャー』紙に載った、四十六歳になるシュナイダーの娘のインタビューによれば、彼女の父親はラウリー夫妻の一件を新聞で読んでいて、娘が訪ねていった際にも話題にしたとのことだった。小さな町で自殺するとどうしたって噂は広まるものさ、とは当時誰かが口にした言葉である。

カール・シュナイダーが死亡した四日後、二人の高校二年生ライアン・ウイッティカーとダイアン・グラボウスキーが、ウイッティカー家地下の遊戯室で、卓球台のそばに置いた寝椅子に並んで横たわっているところを発見された。死因は、二挺の拳銃による頭部の銃創。拳銃はどちらも少年の父親の所有物だった。少年の筆跡で書かれ、両者が署名した、双方の両親に向けて記された遺書が、少年のポロシャツにピンで留めてあるのが見つかった。遺書のなかで二人は、この行動から何らかの苦痛が生じるとすれば申し訳なく思う、自分たちは己の愛を肯定し死においてそれを永遠に祝福する手立てとして進んで命を断つのだ、と述べていた。その文章にはどこか自意識過剰な、文学っぽい調子があって、私たちはそれに苛つき、同時に等しく胸を打たれもしたが、結局私たちの喉に引っかかったのは、一か月も経たぬうちにこの町が五人の自殺を経験したという事実であった。

だがこれだけであれば、暗黒の一か月、不運続き、ということで話は済んだかもしれない。ところが、四月上旬にもうひとつ事件が起きた。高校二年生のジョージ・サボルと、中学三年生のナンシー・マーティンズが、サボル家の裏手の林で毛布の上に横たわっているのを警察が発見したのである。今回、銃は一挺だけだったが（三八口径のスミス&ウェッソン・セミオートマチック）、遺書によれば、まずナンシー・マーティンズが一発目を自分の左のこめかみに撃ち込み、次にジョージ・サボルが自らの左のこめかみに発砲するという計画だったと思われる。サボルのコンピュータで印刷され、二人が手書きで署名したその遺書は、自分たちの不変の愛を語り、死による永遠の絆を語っていた。この記述を見ても、使った凶器を見ても、彼らがウィッティカーとグラボウスキーの心中事件を範にしたことは明らかであり、この歴然たる繋がりゆえに、初めて私たちの町に戦慄のさざ波が走ることになった。父親たちは鍵をかけて銃をしまうようになり、母親たちは部屋から部屋へと不安げに息子や娘のあとをついて回った。高校はカウンセリング・プログラムを拡張し、異常なふるまいに関する情報を持っている人はぜひ知らせてほしいと呼びかけた。私たちは夜中に突如目覚めるようになり、不自然に力の入った両手がシーツを押し上げていた。

ジョージ・サボルとナンシー・マーティンズの死と折り合いをつける間もなく、またもうひとつの、いっそう心乱される事件に私たちは直面した。朝刊によれば、三組の高校生グループ（二人、二人、三人）がそれぞれ別の家で死体となって発見され、どのグループも我々がすでに知る遺書を手本にした遺書を残していた、というのだ。また新聞によれば、高校生七名のうち五名は、〈意味ある死《ミーニングフル・デス》〉の大義に仕える秘密組織「黒薔薇団《ブラック・ローズ》」に属していた。紫色のコピー用紙に印刷されホッチキスで留められたハンドブックが、死んだ少年の一人の寝室で発見された。これを読んで、黒薔薇団の団員たちは死に方を選ぶことで生に意味を与えるよう促されていることを私たちは知った。凡庸な生の無目的さと空虚さを、選択の確かさへと変容させる祝祭的行為として自殺は称揚される。死を選ぶことは、ランダムな生に確固たる意図を刻印する営みにほかならない。私たちの心を乱したのは、そうした観念の危険性や錯乱ぶりではなく、そもそもそういう観念が存在するという事実だった。翌日、さらに二つの、別々の地域で起きた死が報じられ、黒薔薇団のハンドブックから破り取られた一ページが、一人の犠牲者のハンドバッグのなかに見つかった。この時点で私たちは、車のキーを子供たちから取り上げ、厳しい門限を設け、携帯電話の電源を常時オンにしておくようになった。町じゅうの家々で、不安が煙のように漂った。

この時期私たちは、黒薔薇団さえ終息させられれば、我々の息子たち娘たちを捉えた、死を求める病める流行も終息させられるものと思っていた。この意味で、黒薔薇団を憎み、恐れていたとはいえ、私たちは黒薔薇団にしがみついてもいたのであり、ある意味で団のことを有難く思ってもいた。私たちがたまらなく欲している「隠れた理由」を与えてくれたのだから。私たちのティーンエイジャーたちは、病める哲学の、死に至る遊戯をそそのかす頽廃《たいはい》せる教義の虜《とりこ》になっている。子供たちの心を取り返すべく我々は戦うのだ。闇の力に、太陽の武器を携えて体当たりするのだ。たしかに、すべての死が黒薔薇団のせいだと決めつけるわけには行かない。団員は狂信者の小さな輪に限られているという証拠もある。けれども、事態の核心にたどり着きつつあるという気がしていたさなかに、また新たな展開が生じて私たちを動揺させた。黒薔薇団はどうやらもう過去のものとなり、新たな誘惑が恐ろしいほど易々と現われたのである。

華々しい自殺への情熱が、いまや私たちの息子たち娘たちを捉えていた。あたかも誰が一番記憶に残る死を遂げられるか、たがいに競いあっているかのように思えた。ある六人の高校生グループは、近所の遊園地を訪れてジェットコースターに乗り、降りてきたときには全員が死んでいた。六人とも、コースターが上昇しているあいだに自分の腕に塩化カリウム溶液を注射したのである。六人のうち誰一人、黒薔薇団とは繋がっていなかった。ホームビデオが趣味で友人も大勢いる女の子ジョアンヌ・ガラヴァリアは、ある夜自宅の屋根裏部屋に上がっていき、骨の柄が付いた狩猟用ナイフを持ち上げて喉に突き刺す自分の姿を撮影した。ロレーン・キーティングは黄昏どき、感嘆する友人たちの前でヒッコリーの枝から首を吊った。遺書に凝る流行は、「決して十分でない《ネヴァー・イナフ》」「とこしえに《エヴァーモア》」といったぶっきらぼうで難解なメッセージを好む傾向に取って代わられた一方、死ぬ行為自体はどんどん込み入った芸術と化していき、高校の廊下で、午後の陽光が差し込む鍵のかかった寝室で、議論され評価されるものとなった。

目を惹く死を求める新しい流行に、ティーンエイジャーの女の子たちはとりわけ染まりやすかった。効果的に人目を惹く方法、群衆から自分を際立たせる方法が模索された。人気のある女の子は、巧みに演出した死によっていっそうの人気を得られるし、人気のない女の子も、ただ一度の華麗なふるまいの短い時間、孤立と孤独の殻から飛び出すことができるのだ。ジェーン・フランクリンはいつも廊下を一人で歩く物静かな女の子だった。春のダンスパーティの夜、彼女は黒いジーンズをはきフード付きの黒いスウェットシャツを着て、化学工場の裏手の給水塔のてっぺんにのぼり、体に火を点けた。二日後、金髪のチアリーダーで水泳チーム共同キャプテンの一人クリスティーン・ジェイコブソンが英語の授業中に教室の前に歩み出て、両手でゆっくり黒い物体を持ち上げ、額の真ん中を撃ち抜いた。

自殺熱が私たちの高校で荒れ狂うさなか、その影響が正反対の二方向に及びつつあることに私たちは気づいた。一方では上向きに、私たちの上の息子と娘が春学期を終えつつある大学に、そしてもう一方は下向きに、ウィリアム・バーンズ中学校と、六校ある町の小学校に。町の高校を卒業した大学三年生が、サテンで覆ったフォームラバー製の天使の羽を肩に括《くく》りつけ、天文棟の屋上から死へと飛翔した。ある女子の大学二年生は、車の側面にネオングリーンの文字で「光輝《ルミナシティ》」と書き、田舎にあるキャンパスの周縁に巡らされたガードレールをつっ切って、写真撮影の名所となっている峡谷の上空に跳んだ。中学一年生が四人、チェリー風味のクール＝エイドに溶かした鼠捕りの毒を飲み、二軒の裏庭にはさまれたトウヒの木立で見つかった。小学校四年のハワード・ディーツはある日の放課後に父親の銃キャビネットをこじ開け、ベッドの縁に腰かけて口を開け、二〇番ゲージ散弾銃の銃身を、メタリックブルーのブラケットに彩られた歯列矯正器を着けたばかりの歯のあいだに差し込み、引き金を引いた。六年生の女の子たちのあるグループが、つかのまの流行を始動させた――カットオフジーンズをはき、上はビキニを着て、明るい赤の口紅を塗った彼女たちは、バーベキューグリルを裏庭の道具小屋に持ち込み、扉を閉めて、豆炭の致死的な煙を吸い込んだのである。私たちは町民会議を開き、危機カウンセラーや家族セラピストに相談し、我々の子供たち相手に長々と議論した。私たちは朝刊を開くことを恐れた。

数々の死それ自体以外に私たちを思い悩ませたのは、行為に及ぶ者たちが己の破滅を進んで求めるその態度だった。大半の死が、一種冒険の気分、大胆な挑戦の気分、さらには高揚感とともに選びとられていることは否定しがたかった。たしかにそこここで、ガールフレンドにふられた思春期の少年が片手一杯のバルビツールを飲み込んだり、愛してもらえないと感じて落ち込んだ女の子が湯をはった浴槽に入って両の手首を切ったりもした。こうした死はある意味では安心できるというか、ほとんど快いと言ってもいいくらいだった。同様の状況に置かれた自分が同じ結論に至る流れが、一応想像できるからだ。だが、その他の死に明らかな胸のときめきを、いったいどう考えればいいのか？　未知のものへと、熱情というに近い気分で進んで向かっていく姿勢を？　熱の入ったゲームとしての死、挑戦としての死、興味をそそる芸術形式としての、独創性の表現としての死。こうした死について、私たちは何も知らない。夜中に恐怖を胸に抱えて目覚めるのがどんなことかはわかっても、こういう死については何ひとつ知らないのだ。

興奮はいずれ衰える。流行は色褪せる。疲労と不安に呆然としてはいたが、私たちはそれでも、思春期の危機がいつまでも続きはしないと信じて、頑《かたく》なに希望を持ちつづけた。そして事実、学校の生徒の自殺は減りはじめた。が、完全になくなりはしなかった。と同時に、厄介事の新たな徴候は無視できなかった。そこここで、それは起きた――夫婦の心中、若い母親の自殺。一種の憤怒とともに私たちは理解した。息子たちのロックバンドを聴き、娘たちを真似てローウェストのジーンズをはき細紐のタンクトップを着る母親たちは、最新の流行にも免疫があるとは言えないのだ。町の大人たちのあいだで死が広がっていくにつれ、「青菖蒲団《ブルー・アイリス》」の噂が聞こえてきた。明らかに黒薔薇団に着想を得た組織だが、決定的な違いもそこにはある。黒薔薇団が生のランダム性に確固たる目的を与える方法として自殺を称揚したのに対し、青菖蒲団は死を、存在の至高の瞬間として、すべての生が標榜するクライマックスとして語った。したがって、死は何かが成就される瞬間に選ばれねばならない。性愛の絶頂において精緻に実行される「性的自殺」の噂が聞こえてきた。カップルたちは死を、エロチックな刺激、究極の解放のメカニズムとして見るようになった。まるで、己を殺害する営みのなかに、宇宙的なオルガスムを追求するかのように。これとは別の、高められた感情が生じるさまざまな瞬間を選ぶ者もいた。結婚式、待ちに待った昇進、筋の通らぬ幸福感の横溢《おういつ》。私たちはある種の侮蔑とともにこれらの自殺を眺めた。それらは廃れつつあるティーンエイジャーの流行を、あまりに忠実に真似ているように思えたからだ。が、と同時にそれらに接して私たちは血が震えもした。新たな自殺者たちは私たちの隣人だった。彼らは私たち自身だったのだ。

　フランクとリータのソーレンセン夫妻は、三十代後半の美貌のカップルで、私たちの多くが妬ましく思うたぐいの結婚生活を送っていた。夫は不動産開発業者であり、町の西の端に新しいリクリエーション・センターを出現させたのも彼だった。妻はインテリア・デコレーターとして、私たちの家の台所や書斎を数多く改良してくれていた。二人は私たちの、より幸福で、より才能豊かで、より羽振りのいいバージョンに思えた。彼らはローランド・テラスにある、私たちも夏のバーベキューや冬のディナーパーティに呼ばれたことがある大きな家に住み、二人の幼い娘シグリッドとベルがいた。彼らの笑い声を、彼らのまなざしにみなぎる活力を私たちは知っていたし、彼ら二人のあいだに気安く流れる愛情も感じとることができた。が、疑いようもなく幸福ではあっても、時おり彼らのなかに、失望の影、幻滅のさざ波のようなものを私たちが感じとったこともまた真実であった。それは私たちにもなじみの感情に思えた。というのも、彼らの人生は、私たちの人生と同じくある意味で出来上がってしまっており、今後の年月にも愉楽、繁栄、賞賛に足る達成は期待できるけれども、それだけだ。あたかもどこか途中で、若々しい発見の感覚、人生は冒険であってこの世のどんなものに繋がっていってても不思議はないのだという感覚を置いてきてしまったかのように。私たちと同じで、彼らは自分たちの幸福をろくに意識もせず受け容れているが、その幸福には、私たちの幸福と同じに、悲しみとは違うけれど時おり迫ってくる感情から生じる複雑な影が差している。ある日夫妻は青菖蒲団に入った。彼らの新たな熱狂、新たな真剣さに私たちはすぐさま注目した。二人は会合に出席し、湖畔での野外料理パーティや金曜夜のプールパーティに私たちを招待し、酒を飲みまくり、首をのけぞらせてゲラゲラ笑い、カニのディップを回してくれた。ある夜、彼らは寝室に行き、服をすっかり着たままベッドに横になり、象牙を埋め込んだローズウッドの把手があるお揃いのピストルを持ち上げ、それぞれ自分の頭を撃った。タイプで書いて封筒に入れて封をした遺書によれば、彼らは自分たちが何をやっているか十分に自覚しているし、これまでにも増して愛しあっており、人生を幸福の頂点で完遂することを選びとったとのことだった。この充足の営みに皆さんも倣《なら》って下さいますよう、と彼らは私たちに呼びかけていた。

ソーレンセン夫妻は何か暗い秘密を抱えていたのだと説く者もいたが、私たちの大半にとって、その遺書の語調はすっかりなじみのものだった。またある者は青菖蒲団が悪いと唱え、偽りの宗教だ、ひたすら生きる意志を腐敗させる悪魔的カルトだと詰《なじ》ったが、私たちのうちソーレンセン夫妻と夜遅くまで笑いあった者たちは何も言わなかった。彼らの死のなかに、私たちの町が道に迷ってしまったことを示す、またもうひとつの徴候を見てとったから。

実際私たちは、もっと無邪気だった、子供たちの誕生日パーティを上機嫌で計画し、川べりの木蔭に置かれたセコイアのテーブルでの家族ピクニックを心待ちにした日々を思い起こすのに苦労することもいまではしばしばだ。毎日報じられる自殺のニュース、毎週の死者数報告に私たちは慣れっこになってしまった。数字は時には高く時には低く、小康状態かと思えばまた再燃する。ここではフラットスクリーン・テレビの前の革張りリクライニングチェアに座った独身男性、そこではプールサイドのクッション付き長椅子に寝そべった親しい友人同士。ほぼすべてのブロックで、一軒はかならず見舞われている。歩道ですれ違う人々はふっとたがいに目をそらし、この男が次だろうか?と考える。

だがそれでも、私たちは何とかやっていく。ほかにやりようもないじゃないか、という顔で。朝刊はいまも玄関ポーチに、見捨てられた家のポーチにさえ届く。子供たちは縄跳びで遊ぶ。生垣刈込み機がブンブン鳴る。芝刈り機が夏の大気に響く。

そのような世界で、人々は答えを求める。我々は自分たちの生き方ゆえに罰を受けているのだと唱える者もいる。安易な不倫、深酒、高い離婚率、ティーンエイジャーたちの性的放埒《ほうらつ》、子供たちが没頭する暴力的な映像文化。またある者たちは、罰という説は瀕死の神学体系への逆戻りだと退け、私たちの町はある種の行動形態をその論理的帰結まで突きつめたのだと説く——物質的快楽を基盤とする文化は、いずれ必然的に、究極の物質的事実を、すなわち死を抱擁するに至るほかない、と。さらにまたある者は、この議論も神学批判の世俗バージョンだと切り捨て、私たちの町は生の営みに対する新たな、健全な姿勢を体現しているのだ、我らこそは下手に言い逃れたりせず、死すべき運命の真実と勇敢に向きあっているのだ、と主張する。

私たちはといえば、こうした諸説の誠意は尊重するものの、真実は別のところにあると信じている。この町の住民のふるまいは、およそ完全とは言えずとも、よその一連の郊外町に較べて特に悪いということはない。そして私たちは、この町が子供を育てるのに理想的な場であるよう手を尽くしていることをとりわけ誇りに思っている。この町の学校制度は第一級であり、三つある公園は手入れが行き届き、界隈はどこも安全なのだ。よその町から訪れる人たちは、サトウカエデやシナノキやスズカケノキが立ち並んで木蔭豊かなこの町の住宅街を賞讃し、アウトドアカフェが点在しアイスクリーム・ショップやエキゾチックなレストランが並ぶメインストリートの心地よさを口にする。それらの店はどこも、石の繰形《モールディング》に縁どられたアーチ型の窓のある、入念に保存された十九世紀の建物に入っている。線路の南側の、ブルーカラーが居住する地区に建つもっと古い家々でさえ、芝生はきちんと刈られ、壁板のペンキは塗られて間もなく、街路に沿って広々としたポーチが並ぶ。だとすれば、この自ら望んだ死の多発を、この自己滅却の異常発生を、どう説明すればいいのか?

私たちの結論はこうだ。答えは、高尚な生き方の掟に私たちが添えなかったことにあるのではない。何かをやり損なった、ということではまったくないのだ。そうではなく、問題は私たちの町の、まさしく賞讃に値すると私たちが考える特質そのものにある。といっても、私たちの町がまやかしだとか、手入れの行き届いた表面の下には隠れた闇があるのだ、事態の核心が腐っているのだなどと言うのではない。そうした解釈はナイーブであり、子供っぽくすらあると私たちは思う。ただ単に仮面を引き剝がせば、その下の醜い真実を暴くことができて、ひとたび白日の許に晒《さら》せば真実が私たちに害を及ぼす力も失われる、などという話ではないのだ。そんな分析は陳腐な気休めでしかない。私たちの町は、これまでずっと思ってきたとおり素晴らしい場所だ、と私たちはあくまで主張する。まさしくこの素晴らしさの本質を、いっそう綿密に吟味しようと思うのだ。

私たちの町を賞讃する人たちは、ここは気持ちのよい町だ、安全だ、快適だ、魅力的だ、友好的だ等々と言ってくれる。すべてそのとおりである。だがそうした特質は、どれだけ立派なものであれ、いかがわしい要素を内に含んでいる。その核にはひとつの不在がひそんでいる。それは、気持ちよくないもののすべての不在、心地よくないもの危険なもの未知のものすべての不在である。すなわち、まさにこの本質ゆえ、私たちの町はひとつの追放を体現している。そして追放という行為は、追放されたものを意識していることを暗示する。ほかならぬこの意識が、安心できぬものすべてに向けた秘密の共感を育むのだと私たちは主張する。満足に飽き、幸福に圧迫されて、私たちの町の住民は時おり突然の欲求を感じる、見えないもの禁じられたものに対する欲求を。私たちの町の下に、あるいは中に、反 - 町が現われる。境界の混乱を旨とする暗い町、死に恋している町が。

重い病気は過激な治療を必要とする。委員会が私たちの町に、これまで私たちが排除してきたものたちを導入するよう私たちは提案する。高校の裏の丘での絞首刑の復活を私たちは提唱する。人間と、狂気に追い込まれた闘犬との一騎打ちを私たちは支持する。石を投げつけ、笞《むち》で打つといった現在では非合法化された公的処罰の復活を私たちは推奨する。火あぶりの刑、火と血への回帰を私たちは進言する。年に一度、子供を一人くじで選び、町庁舎前の緑地で儀式的に殺害し、自分たちが死者の骨の上を歩いていることを住民に思い出させるよすがとすることを私たちは要請する。

私たちの町からは闇が抜かれ、死が剝ぎとられた。私たちには明るさ、透明さ、秩序しか残っていない。住民たちは、欠けているものを求める情熱がほかにどこにも行き場を持たぬがゆえに、自ら命を断っているのだ。

私たちの一連の提案を、委員会がこの上なく真剣に検討されるよう私たちは強く要望する。この危機に暴力的に対応しない限り、いかなる処置も失敗に終わるであろう。もう手遅れだ、私たちの町は絶滅に向かっているのだと説く者もいる。私たちはこれに反対し、不安混じりの希望を掲げる。だが行動は起こさねばならない。すでに病はよその町にも広がっている。近隣のあちこちで、途方もない自殺が、普通の考え方では説明のつかない死が起きたとの報告を私たちは読む。

こうした事柄を仔細に検討した私たち、自分たちの心のもっとも暗い隅にまで探求を掘り下げてきた私たち自身、ついふらふらと夢想してしまうことから逃れられはしない。暖かい春の夕方、薄闇が私たちの家に、私たちが思い出す勇気もない何かを約束するかのように降り立つとき、あるいは青い夏の夜、ポーチの影から出て月の明るさに足を踏み入れるとき、あたかもそこにあると思っていたものがないことを目にしたかのように、私たちは胸の動揺を、落着かぬ欲求を感じる。だがやがて私たちは気を取り直し、あごを引いて踵《きびす》を返し、元いた所に戻っていく。この一瞬ちらつく感情に従えばどんなことになりかねないか、私たちにはわかっているのだ。そしてもしかすると、私たちの町で起きていることも、ただ単にそういうことなのかもしれない。覚えのある、それ自体は無害な思いのちらつきが、抑えられずに膨らむまま放置された結果、自制せぬことの暗い術を、私たちの町の住民が育ててしまっただけのことではないか。顔をそむける前のその瞬間、遠い姿が手招きするのを、私たちもまた見たのであり、黒い翼が脳のなかでばたばた羽ばたくのを、私たちも聞いたのだ。

九月十七日の今日、以下に署名した者たちにより、謹んで委員会に提出する。

十三人の妻

Thirteen Wives

私には十三人の妻がいる。私たちはみな、破風《はふ》が六つと丸い塔が二つあってポーチが四方にめぐらされ、町の中心からも遠くないアン女王朝様式のだだっ広い家で一緒に暮らしている。妻たちにはそれぞれ自分の部屋があって、それは私も同じだが、私たちは毎晩夕食に集い、天井の高いダイニングルームの、ピンクのガラスのシェードが付いた古いシャンデリアの下で細長いテーブルを囲む。食事が済むと表側の部屋に移り、少人数でラミーかピノクルに興じたり、色褪せた肱掛け椅子やカウチに座ってお喋りをしたりする。妻たちはたがいにとても仲良くやっているが、彼女たちと私との関係はもっと複雑だ。人から時おり「なぜ十三人の奥さんなんです?」と訊かれると、私はいつも精一杯明るい笑みを浮かべ、「そりゃあ、いいものはいくらあっても多すぎませんからね!」と答える。実のところ、話はそれほど単純ではないのだが、正確な答えは何なのか、私にもいまひとつよくわからない。はっきりしているのは、私が妻たちを、一人ひとりとしても全体としても愛していることであり、彼女たちが一人でも欠けた生活など想像もできないということだ。妻たちとは一人ずつ、九年の時間をかけて結婚したわけだが、べつに一人の妻をより良い妻と取り替えるとか、それまでの妻たちを捨てて一からやり直すとかいった思いはまったくなかった。自分を十三回結婚した男と見たことは一度もなく、むしろ、十三人の妻から成るひとつの結婚生活を送る人間と見ている。結婚という困難な問題に対するこの解決策が、他人にも役立つものなのか、それともこんなやり方は人類の知の総和に何ひとつ付け加えはしないのか、それは私が決めることではあるまい。私に言えるのは、あくまで私自身にとっては、ほかのいかなるやり方もありえなかったということだけだ。

というわけで、私の妻たちは以下のとおりである。

1

絶対的に同等、心と心を分かちあう、愛のパートナー。一番目の妻と私はたがいのことをそのように考えている。もしある日曜の朝に私が寝坊し、目覚めてみると妻が、子供のころ私が好きだったとおりの、四角いバターが溶けて染み込みつつある大きなブルーベリー・パンケーキを作ってくれたとすれば、次の日曜は私が妻に、彼女が小さかったころ島のキャビンで過ごした夏に食べた覚えのあるのとまったく同じにピーマンと細かく刻んだ玉ねぎとが入った卵二個のオムレツを作って出してやる。火曜日一時にヘアドレッサーの予約が入っているよ、と私は彼女に念を押し、木曜四時の歯医者の予約を私が忘れないよう彼女は気をつけてくれる。七月の第三週末に私は彼女と一緒に車でヴァーモントにある彼女の母親の家まで出かけ、八月第二週に彼女は私と一緒にケープコッドにある私の新しい父親の家に来てくれる。彼女の新しい黄色いサンドレスのほっそりした線を私は褒め、彼女は私の新しい薄手のボタンダウンシャツのぱりっとした見映えを喜ぶ。こうした相互関係は、あるいはすべての結婚につきものなのかもしれないが、私たちの場合、それがいっそう親密に洗練された発展を遂げている。もし一番目の妻がドアに手をはさめば、私は突然の痛みに悲鳴を上げる。私の喉が渇くと、妻は氷の入ったライムエードをグラス一杯ガブ飲みする。私がテーブルのへりにぶつかれば、紫色のあざが妻の脚に現われる。妻が絨毯のへりにつまずくと私は床に倒れ込む。ある晩、前の日に二人ともどうしても思いつかなかったクロスワードの答えを私が思いつき、一番目の妻の部屋に入っていくと、彼女がベッドの上で身を起こして畳んだ新聞を手に持ち黄色いＨＢの鉛筆でマスを埋めているところだった。また、ひところ私にとって物事がうまく行っていなかった時期、夜中に私は、彼女が自殺しかねない鬱に陥っているのではという不安とともに目覚めた。廊下に飛び出した私は、両腕を大きく広げ救いの表情を目に浮かべて私の方に駆けてくる彼女と危うく衝突しそうになった。たしかに時おり私も、こんなふうに精緻に等価を達成する私たちのシステムにいささかの、というか深い、退屈を感じはする。そんなとき私は、バランスの崩壊に、くっきりした例外に、烈《はげ》しい爆発に焦がれる。そしてそんなことを考えてしまったのが悲しくて、どうしたらいいかもよくわからぬまま、きっとわかってくれるただ一人の人物の許へ私は向かう。彼女の両腕を摑み、彼女の目を覗き込むと、同じ憂いが、未知のものを求める同じ渇望がそこに見える。暗い、ぎこちない笑いを私が発するとともに、部屋じゅうから、大勢の動物の叫びのように、彼女自身の不穏な笑いが響きわたる。

2

人生に希望が感じられず、死体が二つぶら下がったみたいに両手が袖から垂れて、ガラス窓に映る自分の姿が目に入ってさっと顔をそむけるのだけれどそうやってさっと顔をそむける自分をまずはガラスに見てしまうようなとき、そろそろ二番目の妻とともに過ごす潮時だと私は悟る。私を落着かせるすべを彼女は心得ている。革のパソコンケースを片手に私が玄関にたどり着き、鍵を出そうともう一方の手をのばすさなかにも、彼女は心配そうに私を見て、今日一日がどうだったか訊ねながらベルト付きのトレンチコートを脱がせて帽子を掛けてパソコンケースを傘立てのそばに置いてくれる。そうしてすでに私を肱掛け椅子に——太い肱掛けの、私のお気に入りの椅子に——導き、頭のうしろにクッションを入れ、片手で額に触れながら、私の両足を足載せ台《ハソック》に載せて靴を脱がせ、頰を私の脚に押しつけている。「あなた、大丈夫?」と優しい気遣いのまなざしで彼女は私を見る。ひたむきな目で私を見つめながら、「辛い一日だったの?」と訊いてくれる。やがて、私の服を脱がせて私を風呂に入れてベッドに寝かせてくれてから、私の上にかがみ込み「これ、気持ちいい?」そして「これ、気持ちいい?」と訊く。あとになって、彼女の隣で私は目を覚まし、突然の疑惑に駆られる。私は乱暴に彼女を揺り起こす。彼女の眠たげな目を私は睨みつけ、ライバルなんて僕には耐えられない、もしそんな真似をしたら僕はすぐさま出ていくからな、僕をだまそうったって駄目だぞ、甘く見るんじゃない、とまくし立てる。その間、彼女の大きな、愕然とした瞳に涙が満ちる。だが興奮は少しずつ薄れていき、私は落着きを取り戻して、時計をチラッと見てもう遅い時間だと知り、あくびにぶるっと身震いする。目を閉じて、深い安らかな眠りへと漂っていくなか、隣で彼女が眠らずに横たわり、私の逆上の原因を胸の内で探っているのが感じられる。この数時間の出来事を彼女は反芻し、私を十分愛していない自分を責め、その目は大きく開き、心臓は激しく打ち、頬は緊張をはらんで私の肩に載っている。

3

また別のとき、より力がみなぎった気分で、人生のささやかな失望がもはや挫折の表われとは感じられず、すべてを征服せんとする精神にとっての歓迎すべきチャレンジだと思えるとき、私は三番目の妻とともに過ごすことを求める。彼女は決して私を甘やかさない。私が部屋に入っていくとベッドに寝転がっていて、眉間に皺を寄せ一心に本を読んでいる。そして顔を上げもせず、邪魔をするなという意思表示にぴんとのびた指を一本持ち上げる。なおも読書を続けるなか、気を入れて読むせいで体全体が硬くなっていく。ずいぶん経ってからやっと、本を胸の上に置き、眉間の皺は変わらぬまま私の方に目を上げる。彼女はただちに、私が彼女を顧みなかったことを詰《なじ》る。私が弁解をはじめると、新しい掃除人の女性が青いワイングラスを一個割ったことを彼女は伝える。冷蔵庫には七面鳥のスライスがもうなくて、あるのはハムのスライスだけ。リネンクローゼットの扉がきちんと閉まらない。僕がじき何とかするよ、すぐにやる、必要とあらばいまこの瞬間に、と請けあうと、それに応えて彼女はのろのろと、さも大げさに天井を仰ぐ。突然彼女は私のシャツに目をとめ、あなたそんなカラーで仕事に行ったの、と叱る。あなた最近鏡で自分の髪見たことある？　あたし、頭が痛い。アレルギーで死にそう。これって絶対鼻腔《びこう》が感染してるんだわ。この部屋の空気、澱みきってる。窓がまた引っかかって動かない。私は窓辺に行き、窓を楽々押し上げる。あたしを安っぽく負かすのがそんなに嬉しいの、と彼女は責める。あたし現金が足りない。ヘアドライヤーが壊れてる。コーヒーメーカーのスイッチがおかしい。私が隣に用心深く横たわると、彼女は起き上がり、もう遅い時間よと言う。だいいちあたし気分が良くないのよ。あたし息ができない。この部屋空気が全然通らないのよ、窓が開いていても駄目なのよ。あたし除湿機が要るわ、なんで除湿機がないの、除湿機があれば何もかもすべて変わるのに。私は手をのばして彼女の腕に触れる。彼女は私の手をじっと見て、あたしこのブラウス嫌い、こういう天気だと何もかもべったり貼りつくのよと愚痴る。ゆっくりと、彼女を用心深く見ながら、私はシャツを脱ぎはじめる。あたしそんな気分じゃないのよ、と彼女は言う。だいいちあなたあたしのことなんかどうでもいいんでしょ、あなたは自分のことしか頭にないのよ、愛してるよってあなたが最後に言ったのがいつだったかもう思い出せないわ。「愛してるよ」と私は即座に言う。彼女は自分の指を見て、あなた、そんな一銭もかからない言葉を一言言っただけであたしたちの問題を追い払えると思ってるの、でもそういうのってほんとにあなたらしいわよねと言う。ブラウスを脱ぎながら彼女は自分の二の腕に目をとめる。見てよ、この肉の揺れ方。あたし、桶に入ったラードになりかけてるわね。君の腕は悪くないよ、全然悪くないよ、むしろやや細いくらいじゃないかな、と私は励ます。あなたいったいいつからアメリカ人女性のダイエットとフィットネスに関する世界的権威になったのよ。二人とも服を脱ぎつづけるなか、彼女はマットレスについて不平を言う。これって堅さミディアムのはずなのにもっと全然柔らかいじゃないの、これじゃ腰に悪いわ。これ返品してもっといいのに換えてもらうべきよ、まあもちろんあなたが、あたしにはこのマットレスが相応だって思うんなら別ですけどね。二人で愛しあうなか、彼女はスプリングの軋《きし》みに言及し、掃除の女性が十五分遅刻してきてカウチの横のテーブルランプの土台の埃をはたくのを忘れたと告げる。ことが済むと彼女は「あなた、あたしをどこへも連れてってくれないのね」と拗《す》ねる。私が答える間もなく、ちょっと風が吹いただけで窓がガタガタ鳴るのにどうやって夜どおし眠れって言うのよ、と彼女は愚図る。私は少しも注意を払わない。耳も貸さない。私は喋るが、聴かない。あたしこんな部屋じゃ息もできない。家に食べるものが何もない。首が痛い。新しい掃除の女性があたしを見る目つきが気に入らない。彼女の目がゆっくり閉じていく。彼女は眠たげに私を睨む。しばらくして私は用心深く起き上がり、そっと服を着て立ち去る。こうした修練のおかげで、元気一杯、爽快な気分になったのを感じながら。

4

私と私の四番目の妻のあいだでは万事上手く行っている。実際、もうこれ以上いいなんてことはありえない。本当に、私たちの愛は完璧だと何のためらいもなく私は言える。が、この完璧さ自体、心配の種ではあるまいか？　あたしは最高に幸せだ、あなたを愛するみたいにほかの人を愛したことは一度もないと彼女が断言するとき、私もやはり深い幸福を覚える。が、そんな私の幸福は、ある程度、これで当然なんだという気の緩みを胸に生みはしないだろうか？　ごくわずかではあれ、独善とうぬぼれへと、私を押しやりはしないだろうか？　そしてそうした変化は、結局のところ、私をより愛しがたい人間にするのではないか？　四番目の妻は私に何ひとつ隠し立てせず、私を全面的に信頼して胸の一番奥のさざめきを明かしてくれる。が、愛ゆえに己を明かす営みは、彼女が徐々に自分から神秘性を剝ぎとってしまう危険をはらんでいないだろうか？　私の四番目の妻ほど欲望をそそる女性を私は想像できない。私は飽きることなく彼女に見入る。彼女の美しさは、非の打ちどころがないとはいえ、決して冷たくもないのだ。が、その美しさのなかには、極端なものすべての核にひそむ危険が隠れてはいないだろうか、苛立ちや憤りを挑発しかねない危険が？　そして同じことが、彼女の知性、優しさ、さらには善良な心根にすら言えるのではないか、どこかに疵《きず》があるのではと探る気持ちを誘発してしまう点において、無知や混乱や心の欠陥に焦がれる思いを崇拝者の胸に駆り立ててしまう点において？　私たちの愛は完璧であり、私はこれ以上何も望まない。だったらなぜ、ふと気がつけば私の思いは、不完全さの方に向かっているのか？　なぜ私は時おり、くどくど怨みごとを並べることを夢見るのか、君は僕の人生を駄目にしたんだと声を限りに責め立てることを？　なぜ私は、四番目の妻の澄んだ瞳のなかに、失望と苦痛のかすかな兆しを浮かび上がらせたいと願ってしまうのか？

5

私が五番目の妻と一緒にいたいと思い、行ってみるたび、彼女はいつも若い男と一緒にいる。男は少年っぽくていささか華奢な、だが決して男らしくなくはない感じにハンサムで、すらっとしているが筋肉もしっかりあって、いつも黒いスポーツジャケットと襟を開けた水色のシャツを着てジーンズをはいている。男は礼儀正しく、控えめで、何も言わない。五番目の妻と私が繁華街のレストランで、小さなテーブルをはさんで向かい合わせに座って一緒に昼食をとるとき、若い男は彼女の左か右に座っている。私たちが夜に暖炉の前で話すとき、男は絨毯に座り込んで頭を彼女の脚にもたせかけている。私が彼女の服を脱がせると、彼女は脱いだ服を男に渡す。私たちがベッドにもぐり込むと、男は私たちのかたわらで、両手を首のうしろで組んで仰向けに横たわる。はじめは男がいることで私の心は乱れ、憤りが募ったが、じきに私はその存在に慣れていった。あるとき、夜中に彼女の隣で目を覚まし、向こう側を見ると若い男はそこにいなかった。私は不安になって彼女を揺り起こした。彼女がかすかにほほ笑み、上掛けを持ち上げて、私たちのあいだに黒いスポーツジャケットと水色のシャツを着てジーンズをはいた男が私の五番目の妻の胸の谷間に頭を埋めてぐっすり眠っているのを見せてくれて、ようやく私の不安も鎮まり、眠りに戻ることができたのだった。

6

六番目の妻と一緒にいると、いずれかならず、彼女がゆっくり天井に向かって浮かび上がり、私の上に漂ったままとどまる時が訪れる。「ねえ君」と私は両膝をついて訴える。「そこから降りてきてくれないか？　君が怪我をしないか心配なんだよ。だいいち、僕が何をしたっていうんだ？　君がキッチンテーブルにスケッチブックと木炭を手に座って、緑の梨と白いコーヒーカップと並んで横たわるフルーツナイフを十七バージョン描いたときも僕は邪魔しなかった。君がカウチに脚をたくし込んで深々と座り、一筋の髪を指に巻きつけながら八回目の『アンナ・カレーニナ』を読んでいたときも僕は騒々しく咳払いしたり鼻歌を歌いながらうろうろ歩いたりはしなかった。君がぴんと背筋をのばしてピアノの前に座りモーツァルトのピアノソナタ、イ短調、K．三一〇の第一楽章を何度も何度も練習していたとき君のうしろに忍び寄って首にべちょっと湿ったキスをしたりもしなかった。それにもし僕が、君の黒いウールのスカートの下であでやかに光る膝に一瞬目を這わせたとしても、それはあくまで、君の知的で厳格な目が下す裁きからしばし逃れたかったからなんだよ」。「阿呆！」と彼女は答える。「ここからあんたの声が聞こえると本気で思ってるの？」。その一言とともに、彼女は天井近くを飛び回り、いつもの張りつめた誘惑的な笑い声を上げ、爪先で私の髪を撫でる。

7

私が楽しんで行なうことはすべて、私の七番目の妻も楽しむ。暖かい土曜の午後に私が芝を刈り、甘い匂いのする草の切れ端が舞い上がってはズボンの折り返しに落ちてくるなか、刈り立ての芝のまっすぐな帯を私がほれぼれと眺めるとき、彼女は私と並んで歩き、芝刈り機の赤い把手に付いた黒いゴムの握りの左半分を摑んでいる。一九三五年夏のサリーの田舎家を舞台とするミステリーを私が読むとき、彼女はもう一冊の同じ本を読み、ページの上から私の方をちらっと見て、私が止まれば自分も止まる。ポーカーの夜、彼女は私たちのなかで唯一の女性である。きつく握りしめたカードをいま一度見直してから彼女が白いチップを一枚、目をすぼめながら人差指でさっと押し出すのを私は見守る。朝食の席で彼女は私と同じシリアルを食べ、私の好みの脂肪分2パーセントの牛乳を飲み、彼女のオレンジジュースは私のと同じく果肉をたっぷり含んでいる。モールへ行くと、彼女は同じブランドの、外側はメッシュナイロン、抗菌インソールのランニングシューズを選ぶ。私たちは傘もお揃いでサングラスもまったく同一である。子供のころ高い草が生えた原っぱで虹に向かって駆けていった記憶を私が語ると、彼女も同じ記憶を口にする。あるとき、人生が耐えがたくなり何もかもから逃れる必要が生じて、私が車を北へ五時間走らせて小雨の降る海辺の町へ行き、フェリーの最終便に乗って、岩だらけの浜の先に森が鬱蒼《うっそう》と茂る島へ行くと、島には電話もないキャビンが一軒建っていた。ドアを開けてランタンをかざすと、テーブルからアライグマが跳び上がった。コウモリたちが天井を飛び交い、松ぼっくりがそこらじゅうに転がっていて、木の椅子の上に彼女のハンドバッグが置いてあった。

8

ベッドの上の剣が、私を私の八番目の妻から隔てている。私が彼女を愛しているなら、私は彼女に触れてはならない。そうすることは、彼女本人から課された誓いを破ることになる。私は約束を違《たが》えず、彼女から数インチ離れたところにとどまり、狂おしい欲望に苛《さいな》まれている。これでもし、彼女とベッドを共有することもなければここまで苦しくもないだろう。が、自分はひたすらこういう瞬間のために生きていると八番目の妻は主張するのだ。私の煩悩を意識して——それは彼女の煩悩でもある——彼女は時に、己の肉体を私から隠そうと、ダウンコートのジッパーをあごまで閉めてシーツのあいだにもぐり込む。またあるときは、私の苦しみゆえに自分も苦しみ、唯一許容できる快楽によって私の殊勝な自制に報いようと、ブルーグリーンのアイシャドー、パープルブラックのマスカラ、深紅の口紅、高価なオイル、クリーム、ローションでめかし込み、耳のうしろや手首に香水をつけ、剣の向こう側で、さまざまにファッショナブルなスタイルのきらびやかで肌が透ける下着に身をくるんで横たわる。私が誓いを破るようなことがあれば彼女は私の誠実さに対する敬意を失い私への愛も失ってしまうと言っているものの、むろん実は、私がそうすることをひたすら望んでいるという可能性もある。でなければ、なぜ私とベッドを共にするのか、なぜ挑発的な下着を着るのか、なぜ頻繁に頭痛に襲われ長々とため息をつくのか？　実際、真のテストは、私が約束を守りとおすことによって彼女への愛を証明できるかどうかではなく、しょせん恣意的な禁止にすぎぬものを叩き壊してしまうほど私が彼女を烈しく愛しているか否かではないのか、そう考えたい誘惑に駆られもする。そういう事態を彼女もひそかに望み、熱く待っているのではないか。とはいえ、この考え方の誘惑自体、ひとつの警告になっている。激烈な欲望に駆られるあまり、誓いを裏切れとそそのかすような考え、何とか抑えこまんとしている情熱に与《くみ》せよと煽るような考えを信用していいものか？　それにまた、苦しんでいるとはいえ、約束を守りおおせていることを私は誇りに思ってもいるのだ。誘惑に屈してしまえば、自尊心を失うことになってしまうだろう。もしかすると、彼女が私の欲望をかき立てるのは、あくまで私が欲望を抑えこめる限りにおいてのことなのか？　だとすれば、私に誓いを強いるよう彼女をそそのかしたのはこの私である。私の煩悩の源はひとえに私のみである。時おり、奇妙な渇望が湧いてくる――鋭い剣を深く、深く、八番目の妻の脇腹に突き刺したいという渇望が。彼女を亡きものにしてわが苦しみを終わらせたいというこの欲望のなかに、私はひそかな欠陥を感じとる。いかに苦痛だとはいえ、私の煩悩には、つねに挫折の可能性がひそんでいる。結局は私もほかの男たちと同類だと判明し、誓いを破ってしまうのではないかという恐れがひそんでいるのだ。彼女が死ねば、その可能性がなくなることになり、私の苦悩を解いてくれる唯一の思いも取り除かれてしまう。こうしたすべての理由から、この苦しみが決して変わりえないことを、私は恐るべき明確さとともに理解する。この理解のなかに、私は最終的な危険を感じる。すなわち、何も変わりえないと信じることによって、私は気を緩めてしまわないだろうか、誘惑にますます身を委ねてしまわないだろうか？　こうして最後の、必死の思いで私は力を振り絞り、新たな厳格さを伴った用心深さへと自分を奮い立たせるのである。

9

私と私の九番目の妻が決して話題にしないささやかな秘密があるにもかかわらず、時おり私は、彼女以外の誰と一緒にいることにも耐えられなくなる。私は彼女のあでやかな黒い瞳を覗き込み、彼女がいくぶん左か右かを見ているのを目にして、二人がたがいの瞳の奥を覗き込んでいるという幻想を生み出すために姿勢をずらさねばならない。だがそれが何だというのか？　時おり、優雅な足どりで部屋を横切るとき、私が脇へ退《の》くのが遅いと彼女は私にぶつかってしまう。そんなとき彼女は立ちどまらず、私の存在を認めもせず、唇に浮かぶかすかな笑みも変わらない。あらゆる面において、私の九番目の妻は快活で親切である。ならば、彼女をベッドへ導こうと愛情を込めて私が片手を差し出し、彼女の凝視が私を通り抜けてしまっているのを見たからといって、なぜ不平を漏らすのか？　ベッドへ一人で向かい、かすかな笑みを浮かべたまま横になる途中に彼女が私の足を踏んづけていくからといって、なぜ私は迷いを感じるのか？　あるとき、彼女の髪の茂みに顔を埋《うず》めようとしていて、彼女の喉から発しているとかすかな音を聞いて私の動きが思わず止まった。彼女の首に耳を当てると、ぶーんと鈍いうなりが聞こえた。若干の調整が必要となったが、それが済むと、中断はあったものの、私は闇の快楽に没頭することができた。

10

閉じたカーテン、薬品の匂い、一日じゅう変わらぬ薄闇という環境のなかで、燃えるように熱い十番目の妻の許を私は訪れる。彼女の頬は火照《ほて》り、目は不自然に明るい。黒い上掛けに置かれた色白の腕は骨の白さを帯びている。病が彼女を焼き尽くす。熱で唇はひからび、喉と瞼を燃やし、耳も熱くなっている。藁《わら》の色をした、櫛も通っていない髪は枕の上を流れ、薄暗い光のなかで茶色く見える。

かつてはまっすぐで素直な髪だったのに、病によって、隠れた荒々しさがあらわになったのだ。もつれ、こんがらがった髪は垂れ下がり、枕の端から流れ落ち、ベッドカバーの上を転がってべったり力なく広がる。庭で摘んだスミレとキンセンカを私は届けるが、彼女は体を起こすにも一苦労で、緊張の皺が額に寄り、あたかもその肩を押さえつけている二本の手に抗っているかのようで、しばらく頑張った末にあきらめ、疲れはててベッドに倒れ込む。私はベッドサイドテーブルの上、デジタルクロックのそばに花を置く。水を入れた、オレンジと緑の魚の絵を描いたグラスがテーブルの上のティッシュのかたわらに置かれている。私がグラスを口に持っていってやると、彼女はごくごくと、懸命に飲み、突然顔をそむける。水が傷口のようにその顔の上で光る。ティッシュで拭いてやる唇は、乾いた革のようにひび割れている。私は指先でその熱い、青白い腕や骨ばった頬を撫でてやる。熱っぽい瞼の下で大きな目がギラギラ光る。十番目の妻を楽にしてやりたい、あれこれ世話をしてやりたいと私は願うが、枕許に付き添う以外、できることはほとんどない。この薄暗い部屋で、世界から隔てられたこの世界で、自分が健康ではち切れんばかりになっているのを私は感じる。自分の活力が、甲高い絶え間ない騒音のように許しがたく思える。どうすればいい？　彼女の病が私を排除する。彼女が元気になることは叶わないのだから、私が病気になるしかない。私はゆっくり屈み込み、彼女の乾いた、熱い口にキスをする。炎のような彼女の菌を私は吸い込みたい。彼女の熱を飲みたい。彼女の疾患が熱いスパイスワインのように私の体内で熱を放つのを感じたい。重たい上掛けの下に私はするっともぐり込み、シーツのこもった匂いを解き放つ。気のせいだろうか、それともこの喉にわずかなひりつきが感じられるだろうか？　額が熱くなった気がする。私の思い込みか、それともこの手は青白くなってきたか？　彼女の許に私はたどり着くのだ、ついに彼女自身の国で彼女と一緒になるのだ。私はいそいそと、彼女に眼差しを返す。疲れてギラギラ光る彼女の瞳が、小川の向こうに突如現われた動物に見とれる人のように私を見ている。

11

なすべき仕事があるとき、もはや一秒たりとも先送りできないとき、私は十一番目の妻の助けを仰ぐ。何をすべきか、彼女にはきちんとわかっている。高い梯子をのぼり、口にくわえた樋釘《といくぎ》を抜きとって青空に向けて金槌を振り上げ緩んだ雨樋をしっかり打ちつけるのは彼女であり、片や私は芝生に立って両手で梯子を押さえている。防塵マスクをかぶり保護メガネをかけて板の上に屈み込み玄関ポーチから電動サンダーでペンキを剝がすのも彼女だし、地下室の踊り場の上のひび割れた天井を修理するのも、二階の窓枠のすきまを塞ぐのも、屋根の谷に銅の板金を据えつけるのも、腐ったポーチの柱を取り替えるのもすべて彼女であり、私はペンキの缶を運び、ドリルの刃やパテナイフを取りに行き、氷水を入れた大きなグラスを持ってくる（彼女はそれを首をのけぞらせてゴクゴク飲む）。家の横の日蔭に私は立ち、彼女が陽のあたる屋根の勾配を這うのを、あるいは上の階の窓から大きく身を乗り出すのを見守る。彼女の体で大工道具が宝石のように光り、むき出しの腕は活力に震えている。ひとたび彼女が仕事を始めたら、途中でやめるのは困難だ。夜になると、屋根の上で彼女が金槌を振り下ろす音が聞こえる。明け方には、私の寝室の窓のブラインドのすきまから、彼女のくるぶしと梯子の段が見える。時おり、闇のなかで私の部屋のドアが開き、彼女が夜の叫びのようにやって来る。彼女は耳のうしろからドライバーを外し、絨毯用の鋲が彼女の髪から落ちる。彼女は効率的であり迅速である。ことが済んで、彼女の肩に寄りかかろうと私が頭を回すと、眠気で重くなった目を通して、彼女が大股で部屋を歩き、金属尺で高さを測り、壁にブラケットをネジ止めし、ツーバイフォーの木材を何枚も載せていき、棚が出来上がっていくのが見える。

12

もし私が十二番目の妻のことを否定的な女性として語るとすれば、それは彼女が、私たちのあいだで起こらなかったことすべての総和だからである。夏の夜の、湖の見える家での混みあったパーティで、私は部屋を横切っていって彼女の隣に座らなかった。彼女の隣に座って長い、曖昧模糊とした会話を私は始めなかったし、その間じわじわと顔を彼女に近づけなかったし、彼女の方も軽く笑い声を上げて片脚を太腿の下にたくし込まなかったし、袖からポテトチップスのかすを払いのけなかった。その夜私たちは手をつないで湖畔を歩いて星座の新しい名前を捏造してはゲラゲラ笑わなかった。七月に私たちはチューリッヒの空港でオペルをレンタルして曲がりくねった道路を走り赤いタイルの屋根が点在する緑の丘の中腹を過ぎてレマン湖の輝く水とシヨン城の暗い塔とを見下ろすバルコニーの付いた背の高いホテルにたどり着かなかった。八月のある夜に遊園地で青い馬に乗った私は白い手綱と金色のたてがみのある赤い馬に乗った彼女が上下しながら首をのけぞらせ回転木馬のメロディにかき消されて聞こえぬ笑い声を上げるのを眺めなかった。否定は見るみる増殖していき、豊かな逆パターンを形作る。最初に為されたひとつの拒絶のしぐさから、私たちの行なわれざる歴史が生まれ、実行された人生の狭い領域を超えて広がった。私たちが終わることはありえない、時間も私たちを封じ込めはしないのだから。また私たちは変化を被ることもできない、私たちの否定的伝記の構造は無というものの変わりようのない土台の上に成り立っているのだから。私たちは死すべき以上の存在なのだ、私たち二人は。すべての恋人たちは私たちを羨む。

13

ある意味で、私は十三番目の妻を見たことがない。彼女が分厚い毛皮の襟が付いた冬物コートを脱ぐのを手伝いながら、私が彼女の緑色の瞳から目をそらし、彼女の薄い黄色の髪がセーターの白いウールから持ち上がってはまた落ちるのを眺めるなら、やがてその顔に視線を戻した私は、彼女の深みある茶色い瞳と、深紅のブラウスを背にしてマホガニーのごとく濃い色の髪が渦巻くさまにほれぼれと見入ることになる。次の瞬間、クローゼットから戻ってきた私は、彼女の愁いを帯びた灰色の、瞳孔の周りに琥珀色の斑点が散らばった虹彩によって夢想へと導かれる。絨毯の上をたった一度歩くなかで、彼女は液体のようにゆらめく黒いナイロンのタイツをはいたふくらはぎをさらし、オレンジと白の縞が入ったハイソックスはてっぺんが折り返され、薔薇色の絹のストッキングはイタリアからの輸入品で、ペンキが飛び散ったジーンズは裾がまくり上げられ、彼女が首を回すたびに新しい横顔が現われ、手首を動かすたびに新しい手が見える。私の十三番目の妻がたえず変化しつづけるのは、むろん彼女の本質に何か人を欺くものがあるからとも考えられ、彼女が次から次へと新しいイメージを打ち出すのはそのどのひとつにも責任を取るまいとしているからとも思えるのだが、私としては別の解釈に傾いている。彼女のさまざまな服、さまざまなしぐさ、さまざまな顔、どれをとっても私には見慣れたものだが、時にそれらはひどく朧《おぼろ》になって、記憶は脳の奥で生じる一種の震えでしかなくなってしまう。自分のものではない無数の過去を喚起してしまうこと、それが私の十三番目の妻の奇妙な宿命なのだ。彼女はほかの女たちをめぐる私の記憶から成り立っている。彼女を見ることは、公園や混んだバス発着所で一瞬気にとめただけの女たちすべて、戸外レストランのひさしの下の錬鉄製テーブルに座っているのが、もしくは暑い夏の夜に小さな町の外れのアイスクリームスタンドで並んで待っているのがつかのま垣間見えた女たち、郊外の歩道を歩いてさざめく木漏れ日のなかを通り抜けていった女たちすべて、混んだデパートの艶やかな黒い手すりのあるエスカレータですれ違いざまにしばし見とれた女たち、図書館の書棚で本を取ろうと手をのばした、もしくはモールの天窓の下のベンチに一人で座っていた物言わぬ女たち、高校の廊下を歩くすべての消えた女の子たち、忘れてしまった美術館にあった油絵のなかで花園に立っていたつばの広い帽子をかぶった動かぬ女たち、古い映画に出てくる侘しいホテルの部屋でスーツケースに荷物を詰めている長いスカートをはいてハイネックのブラウスを着た白黒の女たち、色褪せかけた駅で出発時刻に顔を上げた、もしくは溶けて消えていく町に向かって疾走する薄暗い列車で座席の背にもたれてうたた寝していた影のような女たちすべてを経験することなのだ。私の十三番目の妻は豊富であり不可視である。消えていくという営みのなかにのみ彼女は存在する。この恒久の消滅こそ彼女の最高の美徳である、存在するのをやめることによって彼女は己の存在を増すのであり、特定の女性であることを拒むことによって無数になるのだから。私の十三番目の妻はつねに届かぬ他者であり、私に彼女が与えられることは決してないが、拒絶こそ彼女の気前よさであり、このより永続的な贈り物を——記憶の贈り物、欲望の贈り物、驚きの贈り物を——与えてくれる彼女に私は心から感謝している。

Elsewhere

Elsewhere

その夏、落着かない気分が私たちの町を襲った。本町通りでも、海岸でも、それが感じられた。朝早く玄関から出て、輪ゴムできつく巻かれて道路の手前に転がっている新聞に向かう、すると、その温かい、気持ちのよい空気のなか、私たちは突然、あたかも混乱したかのように立ちどまる。職場ではぼんやり窓の外を見た。家では腰かけ、立ち上がり、ほかの部屋に入っていった。長い週末の遠出を計画するものの決して実行には至らず、複雑なダイエットをはりきって始めては翌日に忘れ、習慣を変えるんだ、仕事を、生活を、と熱く語った。野球帽をかぶってカーゴパンツをはいた夫たちが、原付芝刈り機を押しながら遠い山々を夢見て、車庫の前を上の空で横切って隣の庭に入っていき、驚いた顔で周りを見た。夏の緑の芝生で、園芸用手袋をはめてつばの広い帽子をかぶった妻たちが、キンセンカやアゼリアが何列も並ぶかたわらのクッションに膝をついている姿が見え、三つ叉の除草フォークを持ち上げながら彼女たちは時おりしばし手を止めて隣の庭をちらっと見た。お隣の裏手の、見慣れた窓を見上げ、陽光にゆらめく屋根板を見て、屋根の向こうの息を呑む青空に目をやると、空が彼女たちにおいで、おいで、と呼びかけているように思えた。

私たちの町の若者たちまで、落着かぬ気分に染まったように見えた。学校から帰ってきた、Tシャツに破れたジーンズのティーンエージャーたちが、リビングルームのカウチにどさっと身を投げ出し片腕で目を覆ったかと思うと、数秒後にはパッと、何か激しい情熱に憑かれたかのように跳ね上がり、またふぁぁーとあくびをしてカウチに倒れ込んだ。燃えるように暑い土曜の午後の海水浴場で、子供たちが水際の濡れて固まった砂にしゃがみ込んでいるのが見え、彼らはやがて狂気じみた精密さの城を作りはじめて、小塔や胸壁をつけ加え、石弓を射るすきまも空けていったが、水のはるか上空に黄色いヘリコプターが飛んでくると、ふと手を止めて目を上げた。目を下に戻すと、彼らはもうすっかり興味を失っていた。

暑い夜、私たちは網戸で囲った裏手のポーチに座り、ランタンに照らされた薄闇でコオロギの歌に耳を澄ませた。コオロギたちがじわじわ近づいてくるかのように歌はだんだん大きくなっていく気がして、その背後か、それを突き抜けた向こうかに、より深い、遠い滝の轟きのような音が聞こえた――高速道路をめまぐるしく、たえまなくすれ違っていくトラック。

私たちは何を求めていたのか？　全体として、私たちは上手くやっていたし、まあひとまず幸せだった。そりゃあまあ心配事はあるし、金や死をめぐる思いを抱えて闇のなかで目を覚ましたりもする。でも住んでいる界隈は安全だったし、町じゅう誰一人餓死したりもしていない。恵まれている点を私たちは数え上げ、とにかく最悪の目には遭っていないのだと納得するのだった。例によって夏を楽しみに待ったが――休暇の季節を、いつもの物事の流れから離れる季節を――今回は何かを取り残したような、あたかも両腕を世界よりも広く広げてしまったかのような思いが残った。私たちは夏に期待しすぎたのだろうか？　あの青空、あの黄色い太陽……青い太陽は絶対にない！　緑の空はどこにも

英語原典で読む現代経済学

根井雅弘

E・H・カー、ハイエクからフリードマン、ガルブレイスまで、英語原典に直に触れながら経済学を学ぶ、人気講義の第二弾！

（6月上旬刊）四六判■2200円

投票権をわれらに

――選挙制度をめぐるアメリカの新たな闘い

アリ・バーマン［秋元由紀訳］

油断したら投票権すら奪われる――そんな「民主主義国家・法治国家」アメリカの実相を描いた驚愕のノンフィクション。

（6月中旬刊）四六判■3800円

アーティスティックスポーツ研究序説

――フィギュアスケートを基軸とした創造と享受の文化論

町田　樹

世界大会で活躍した著者がフィギュアスケートを素材に、競技者、観客、産業基盤の3つの視点からこの競技の魅力と課題を論じる。

新刊

ヒトラーと映画

――総統の秘められた情熱

ビル・ニーヴン［若林美佐知訳］

映画に関する「最終決定権」を握っていたのはヒトラーだった。独裁者がドイツ映画の中心に屹立していたことを証する画期的論考。

（6月上旬刊）四六判■5300円

ナポレオン戦争

――18世紀危機から世界大戦へ

マイク・ラポート［楠田悠貴訳］

初めての世界大戦にして、初めての総力戦はいかに戦われたか？　師団の創設からトリアージの開発まで、すべてを変えた戦争の全体像。

（6月下旬刊）四六判■2300円

白水Uブックス229

フラッシュ　或る伝記

ヴァージニア・ウルフ［出淵敬子訳］

愛犬の目を通して、十九世紀英国の詩人エリザベス・ブラウニングの人生をユーモアをこめて描く、モダニズム作家ウルフの愛すべき小品。

ない！　時おり、自分が何かを、ヒントを、しるしを待っている気がした。自分が抱え込んだ恐ろしいエネルギーを注ぎ込める方向が見えてくるのを私たちは待っていた。

　最初の事例は六月のなかば近く、夜の十時三十分ごろに、十六歳の高校生エイミー・バンクスの家で起きた。父親のドクター・リチャード・バンクスは町ではよく知られた歯科矯正医で、イースト・ブロードストリートに歯科医院を構えて繁盛していたし、母親のメリンダ・バンクスは新しく出来たコミュニティ・センターにソーシャルワーカーとして勤務していた。この時間、二人は共に二階の寝室にいた。エイミーはリビングルームに座って、音を消したテレビを観ながら、キラキラ赤い携帯電話で女友だちとお喋りしていた。やがてお休みを言って電話を閉じ、リモコンに手をのばした。その瞬間、部屋の暗い隅の、テレビと窓のあいだで何か動きがあることをエイミーは意識した。窓には薄いカーテンが一対、窓枠の下まで垂れている。エイミーははじめ、風のせいでカーテンが揺れたのかと思ったが、部屋は暖かいし窓は閉まっている。それまで彼女はクッション二つにもたれかかり、両脚をたくし込んで座っていたが、いまカウチから起き上がりかけると、ふたたび隅に動きがあるのが感じられた。今回それは「こそこそした動き《スターリング》」だったがカーテンの動きではなかった、とエイミーは述べた。はっきりしたものは何も見えなかった。

　彼女はいっぺんに怖くなった。と同時に、何を見たのかも定かでないのだから、悲鳴を上げて父親を起こしてしまってはいけない、と自分に言い聞かせもした。父はいつも早寝なのだ。こそこそした動きは続いていたが、音はなかった。エイミーが部屋から飛び出そうとしたところで、すべてが正常に戻った。隅の動きはもはやなく、テレビのコードが壁の下の幅木に垂れ、テレビに映った車に乗っている女性は両手の横でハンドルを音もなく叩き、キッチンからの明かりが読書用椅子の肱掛けの片方だけを横切ってランプテーブルの端に触れていた。エイミーは立ち上がった。二度深呼吸して、隅に向かって歩いていった。そうして床を、幅木を、テレビの裏をじっくり見てみた。カーテンも両方引いてみた。ブラインドも上げて、下ろし、壁に手を触れ、あたりを見回した。彼女はテレビを切って、二階に上がって寝た。

次の晩、十時を少し回ったころ、エイミー・バンクスの家から三ブロック離れたところに住む、学年は一年上だがエイミーとフランス語の授業が一緒のバーバラ・シリロの寝室（一階）で何かがこそこそ動いた。バーバラは悲鳴を上げた。物理の教師で、教育委員会のメンバーでもある父親ジェームズ・シリロが警察に通報した。侵入者の痕跡は何も見つからなかった。バーバラによれば、パジャマに着替えながらコンピュータの画面を見ていると、室内で何かが、あるいは誰かが動くのを感じたという。何も、誰も見えなかった。彼女はそれ以上のことは何も言えなかった。

地元紙『デイリー・エコー』は第二面でシリロ家の出来事を報じ、これが朝食の最中だったエイミー・バンクスの父親の目にとまった。父親はコーヒーカップを下ろして、新聞をばさっと振ってのばし、記事を妻と娘に読んで聞かせた。それを聞いてエイミーが自身の奇妙な体験を語ると、ドクター・バンクスは警察に連絡した。『エコー』は翌日この件を詳しく報じた。

私たちはいまやみな侵入者に、おそらくは覗き魔に目を光らせたが、細部は曖昧なのだし証言者は感じやすい年頃の子たちなのだから、と思い直しもした。あれでもし突然の「目撃《サイティング》」（というのが定着した呼称だった）多発がなかったら、きっとこの二件もじきに忘れられただろう。被害者は――

目撃者は——たいてい中学生か高校生の女の子で、夜にリビングルーム、寝室、暗くなった廊下の隅で怪しい動きがあったと彼女たちは報告した。だが目撃者は中高生女子に限定されなかった。三十代後半の女性が夕暮れどきにガレージでこそこそした動きがあったと報告し、何人かの若い母親が自宅に何らかの侵入があったようだと証言したほか、元警察官のジョン・ズーザクがある晩テレビ室からキッチンに入ると冷蔵庫の近くで何かが動くのが見えたが何が動いたかはわからず、「さざ波みたいだった」という以外はどんな動きだったかも言えないと語った。

事例が町じゅうに広まり、企業弁護士の寝室、三年生担任の寝室、コートランド・アベニューの機械工場に勤めるボール盤工の寝室に侵入していくなか、人々はこの現象を説明すべく自説を唱えはじめた。一番多かったのは覗き魔説と悪ふざけ説である。夜はドアと窓の鍵をかけ、近所で何か少しでも不審なふるまいを見たら通報するよう警察は私たちに促した。物理的に説明がつくのではないかと、「さざ波」は通りがかりの車からの光による影響ではないか、あるいは急激な温度変化によって空気が凝縮した結果ではないか、と考える者もいた。

こうした初期の当てずっぽうに代わって、じきにもっと入念な推測が現われた。これは夏の退屈が生んだ集団妄想であり、「目撃」は女の子から女の子へ感染症のように伝わって、やがては飢えた想像力を持つあらゆる人間に広がったのだという説が唱えられた。目撃を想像の産物だと言われて嬉しいのか不安なのか、私たちがまだ決めかねているさなかに、より大胆な説が登場した。『デイリー・エコー』の投書欄にそれは掲載され、「真実の友」と署名されていた。こうした神秘的な出来事は見えない世界の顕現にほかならない、非物質的なものが我々人間の住む物質の領域に流れ込んできたのだ、と投稿者は説いていた。私たちの多くはこの説に鼻白み、一笑に付したが、また多くの者たちが本気で取り上げ、論じあい、糾弾し、装飾を施していき、やがて出来上がったあるバージョンは〈新信者《ニュー・ビリーヴァーズ》〉と名のる一団の創立原理となった。目に見える世界には裂け目、亀裂があって、そこを通して見えない世界が垣間見えるのだ、と団員たちは語った。一連の「顕現《マニフェステーションズ》」はそうした亀裂の場を示しているというわけだ。

私たちのなかの、この手の説明に抗う者たちにとっては、一連の事例以上に、それらを解明しようとするこうした説の方がもっと不穏だった。その極端さ、見えない世界を進んで抱擁しようとするその熱意こそが、まさに私たちの夏にじわじわ炎を広げている不満感の徴候ではないか。

諸説が飛びかい、議論が過熱していくとともに、「顕現」自体の頻度は減っていった。まもなく、顕現を観察し、その発生を促進さえしようとする人々の小集団があちこちで生まれた。夕暮れ時か夜遅くの定められた時間に、三、四人が誰かの家のリビングルームや寝室に集まる。壁の一番下に据えた四ワットの常夜灯以外、明かりはすべて消す。そうして何時間も、あたかもたまたま集まった気のおけない友人たちが、夏の夜に大してすることもないといった風情でお喋りに興じ、その間ずっと、暗くした片隅でこそこそした動きが生じていないか注意深く見張るのだ。その甲斐あって、「顕現」がまた新たに頻発し、つかのま町じゅうが盛り上がったが、そうした人たちが出してくる証拠はつねにどこか疑わしかった。そもそもそういう集いの核心に、わざとらしい仕掛け、自己欺瞞の気配がどうしても感じられてしまうのだ。六月末にはもう、数少ない顕現報告を誰も本気にしなくなっていた。

この時点で、新しいグループ、隠れた会合の存在がささやかれるようになった。これら影の組織は、

「顕現」は異次元が文字どおり侵入してきているのだという考えを退け、これは見える世界が当然視している事柄に疑義を唱えるための取っかかりなのだ、そのための影の出来事なのだ、と主張した。そうしたグループのひとつ〈沈黙団《ザ・サイレンツ》〉は、十代後半から二十代の若者から成っていた。団は秘密裡に集まり、穀物と果汁しか認めない厳密な食餌法に従う。彼らが私たちの注意を惹いたのは、「ウルトラセックス」なるものを実践しているという噂ゆえだった。時おり夜中に、寝室の窓から私たちは、流れるようなガウンを着た若者たちが、街路を駆け抜けて人目につかぬ場所へ向かうのを目にした。地下の遊戯室で、教会の墓地で、町の北の森の小さな開けた場で彼らは会合を開き、それが済むと二人ずつペアになって横たわり、肉体とはまったく無関係な絶頂をめざす。沈黙団によれば、愛情、欲望、さらには性欲そのものまで、実は全面的に非物質的な事象だというのである。触れる、ハグする、キスする、撫でる、さする、そしてむろん性交も、みな失敗の諸形態なのであり、物質の領域への転落でしかない。団員たちはパートナーに極力寄りそって横たわるよう促され、パートナーは往々にして半裸である。触れる行為を厳しく避けるなか、団員たちは最高度に烈《はげ》しい欲望の疼きに呑まれていき、肉体が炎に包まれ溶解していくような感覚に達する。こうした規律が、肉体を罰するどころか、物理的な体を利用して、持続する強度の精神的恍惚を生み出すのだとされ、この快感に較べればどんなに荒々しいオルガスムも瞼のひきつり程度でしかないといわれた。

　私たちのなかの、こうした営みを嘆く者たちは、どのみちこれが続きはしないと理解していたが、と同時に私たちは、こうして肉体に背を向けること自体、これもまた、従来どおりの快楽をもはや自明視できない風潮の表われだと見抜いていた。

そしてこの時期に、夜寝床に横たわり目は閉じていても眠らずに不安な気持ちでいるとき、別の何かに私たちは気づきはじめた。当初それはただのかすかな物音、闇のなかで何か引っかくような音にすぎなかった。やがて、それがほとんど聞こえてきた——つるはしを振るってセメントを崩し、シャベルや鋤《すき》で掘り進める音が。はじめから私たちは彼らを「トンネル掘り《ザ・タネラーズ》」と呼んだ。平屋の並ぶ新築住宅街、昔から続いている界隈、町じゅうあちこちの家で彼らが作業をしているとささやかれた。ほかの夏にはボウリングに行ったり、ビールの壜とポテトチップスのボウルを持ってテレビの前に腰を落着けてきた男たち。時には夕食後、時には妻子が寝静まった深夜に、彼らは地下室へ降りていって掘る作業を続ける。トンネル掘りたちは決して自分の活動のことを話さないので、私たちは噂や又聞きの又聞きに頼るほかなかったが、トンネルの存在は信じて疑わなかった。トンネル、と聞いて私たちは即座に理解したのだ。その執拗に掘る作業、どこへも向かわずに掘る作業のなかに、家の束縛から逃げ出したい、見飽きた場から未知の場へ旅立ちたいという欲望を私たちは感じとったのである。時おりトンネル掘りが、つるはしを振り上げ、彼を呼んでいる土に向けて振り下ろすと、突然土の緩みが感じられる。次の瞬間、隣人が一心に作業している別のトンネルに彼は入り込んでいる。すると彼はつるはしの柄《え》に寄りかかり、袖口で額を拭い、二言三言ぎこちない言葉を隣人と交わしてから、戻っていって方向を変えるのだった。

夜寝床に入って、コオロギの声や、高速道路を疾走していくトラックの音に耳を澄ましていると、そのもうひとつの、より捉えがたい音が聞こえてきた。いくつものシャベルが土と石を打つ音かもしれぬその音を聞いて、私たちは町じゅうの地下、寝室やキッチンや綺麗に刈った裏庭の下、松の木の根っこや庭にはびこる地虫たちの巣よりはるか下に、無数の通路の網が生まれつつあるという感触を得るのだった。空洞が十字に交差する、入り組んだ体系が出来つつあって、私たちの庭や家はいまや、薄い土の殻の上に載っているのであって、殻はいまにもぱっくりと、すさまじい音を立てて割れてしまうかもしれないのだ。

私も時おり夜中に目を覚まし、思うのだった——逃げ出さないと、どこかへ行かないと、いますぐ、じきに、明日の朝一番に。そうして、あたかもすでに荷造りを始めたかのように、すでに靴を空港のセキュリティチェックでカゴに入れている最中のように、わくわくする気分が体を貫いていく。夜が長く続くなか、その気分はだんだん弱まって、やがて朝になると、いったい自分が何をやろうと決心したのだったか、もはや思い出せなくなっていた。

トンネル掘りに応えるかのように、「屋根住みびと《ザ・ルーフ・ドウェラーズ》」が現われた。どうやって始まったか、誰もが知っていた。ある朝、行き止まりの道路から引っこんだところに建つ二階建て一軒家に住む、元雑役夫のデイヴィッド・リンドクイストが自宅の屋根にのぼっていったのである。そうして彼は、そこの煙突に立てかける格好で簡単な小屋を組み立て、それっきり降りてこようとしなかった。屋根裏の天井にしつらえた撥ね上げ戸を通して、妻が食べ物を上げてやった。リンドクイストはパイプを何本か組み合わせて配管につないで水を確保し、排泄物を流すにはあらかじめ持ってきたホースを用いた。リポーターと話すことは拒んだが、うちの夫は上が本当に気に入っているんです、昔から高いところに惹かれていたんですと妻が代弁した。私たちが感じ入ったのは、彼のふるまいの奇矯さよりもむしろその厳粛さだった。食事はパン、水、果物だけだというし、長時間座ってひたすら周囲の木々を眺め、屋根の二斜面が交わる底面で眠れるよう訓練を積んだというのである。

何日かあと、町の別の地域で、夏休みで帰省していた大学三年生のトマス・ドンベックが、海から二ブロックのところに建つ実家の屋根に移っていった。あちこちでさらに何人か模倣者が現われた。もはや流れは不可避に思えた。だがそんな私たちも、七月なかばに起きた、屋根への突然の殺到にはさすがに不意をつかれた。どこの界隈でも、細長い板を持って、雨樋に立てかけた梯子をのぼっていく人々の姿が見えた。じきに、そこらじゅうの屋根の上で、子供のころ見たテレビアンテナのように小屋が乱立していった。まるで私たちの町の家々が、もはや私たちの欲望を収容するには大きさが足りぬかのようだった。玄関ポーチから、裏庭の折り畳み椅子から、奇妙な建造物が屋根の頂に立ち上がるのを私たちは見守った。まずは屋根の二斜面の上に土台を築き、次に壁や安全用の手すりを作っていく。町じゅうから金槌の鳴り響く音が聞こえた。昼食どきに、Tシャツ姿の職人たちが日のあたる屋根に座って首をのけぞらせ、日を浴びて光る瓶に入ったソフトドリンクを飲んだ。子供たちは手で目の上にひさしを作って見上げた。

もちろん、誰もがデイヴィッド・リンドクイストの困難な模範に従えるわけではなかった。たいていの人間は、ただ単にリクリエーションとしての屋根暮らし熱に加わっただけであり、そこにずっと住もうとは考えていなかった。彼らにとって屋根住居は、一種高さを増したポーチにすぎなかった。七月の暑い夜、屋根に上がった彼らが星空の下で眠る姿が見えた。

だが時おり、違った種類の屋根住みびとが出現した。厳しい規律に従う、情熱的な孤高の者たちが、何時間もじっと動かず、沈黙に包まれて座っていた。時おりそのうちの一人がゆっくり立ち上がり、街路に向かって話しはじめる。屋根住みびとは「道《ザ・ウェイ》」を説く――不幸と絶望から抜け出す道、心の安らぎに入っていく道を。下の通りに人々は集まり、しばし耳を傾けて、また先へ進んでいく。こうした世俗の説教者の一人に、ヴァーナ・クームズという長身の女性がいて、オーバーオールにワークブーツ、赤いバンダナという格好で、自ら「超越者《トランセンショニスト》」を名のり、またたく間に多くの信奉者を得た。超越者たちは眼下の世界を重さと不満の領域として退け、上の世界こそ見かけを超えた真の世界だと謳い上げた。

時おり私たちは、この町のなかから別の場所、未知の場所が現われ出ようとしているのではないかという気になった。それが、私たちの家の地下室の下の土を掘り進み、リビングルームの隅から音もなく上がってきて、屋根の上の空気中で揺らいでいるのではないか。

私は何度か、その「別の場所」に出くわした。角を曲がって、玄関ポーチとノルウェーカエデがあり黄色い消火栓と茶色い電信柱のある見慣れた通りに入っていったはずが、何やら奇妙な雰囲気を私は感じる。日の光が、家の側面に直接届くのではなく、その途中で落ちてしまっているように思える。影がそわそわ動き、いろんな物が光の締めつけから解放されて、いまにもそれ自身になろうとしているかのようで、歩道が音もなく震え、すべてがギラギラ光って揺らぎ、頭上ではぴんと張られた青空が両側から引っぱられ、いまにも真っ二つに裂けようと……やがてそれもすべて止み、街路は落着きを取り戻して、歩道は動かぬ状態に復帰した。白いペンキを塗った、縦の溝がくっきり見える樋の前を私が通りかかり、花弁が密に付いたタンポポの前を過ぎると、私が目を向けるとともに花弁がナイフの鋭さを帯びた。

子供たちに変化の兆しが見えてきたのは、七月の末あたりだっただろうか？　もちろんそれまでも、周りで起きている出来事に子供たちが細かく影響されていることは私たちも承知していた。彼らが何ものにも侵されずにいられるはずはない。とはいえ私たちは、噂と憶測で頭が一杯になったあまり、いくぶん不注意になって、子供たちに十分関心を向けることを怠っていたのだ。〈ザ・ゲーム〉によって私たちの意識は引き戻された。子供たちが庭に出て、ゆっくり、あまりにゆっくり歩いている姿が見え、やがて突然、行く手を邪魔していると思《おぼ》しき何かをよけようと彼らは横へそれる。時おり両腕を前に、まるで闇のなかを歩いているみたいにつき出すが、雲ひとつない空からは日が照っているし、彼らの影も刈り立ての草を背景にくっきり浮かび上がっているのだ。〈ザ・ゲーム〉がいかなるものか、私たちにも徐々に見えてきた。子供たちは想像上の場所を呼び出し、その場を何時間も歩き回っているのである。目指すのは、そこにとどまる時間をだんだん長くしていくこと、永遠にとどまること。ブランコ椅子とホースのある裏庭が、小人や狼のはびこる鬱蒼《うっそう》たる森になった。子供たちが自分の部屋のドアを開けると、そこは沈没した船の船倉であり、螺旋《らせん》階段のある塔であり、白い動物たちが黒い小川から水を飲む空洞の山だった。

夕食の席で子供たちは静かに、夢見るようにぼんやりした目付きで座っていた。親が質問を投げてその忘我状態を破ると、彼らは丁寧に、礼儀正しく、かすかに狼狽の雰囲気を漂わせて問いに答えた。

かなりの関心を惹いたのは、幼いジュリー・グードローの一件である。七歳だった彼女は、八月のある午後、お隣の裏庭の真ん中で草の上に座り込んでいた。どうしたのかとウォーターズ夫人が出てくると、ジュリーは夫人に、迷子になってしまって二度と家に帰れなくなったと告げた。「だってあなたのおうちはすぐ隣じゃないの」とウォーターズ夫人は言って、車庫前の道とアゼリアの茂み三つで隔てられている隣の庭を指さした。ジュリーは首を回して、夫人が指した方向を見た。その顔に浮かんだ表情に、キャサリン・ウォーターズはゾッとした。自分の家の裏庭をジュリーは、当惑した顔で、あたかも見たこともないものを見るかのように凝視したのである。それから元の方に向き直り、草のなかに投げ出した自分の片手を見下ろした。ウォーターズ夫人は手を貸して彼女を立たせようとかがみ込んだ。その瞬間、ジュリーが夫人の方を向いた。そのあまりに激しい敵意の表情に、夫人は思わずあとずさりした。「あんたなんか大っ嫌い」とジュリーは静かに、はっきり言った。そしてまた下を向いて、そこに頑《かたく》なに座りつづけ、母親がやって来て彼女を引っぱって帰るまで、もはや一言も喋ろうとしなかった。

子供たちのことを心配し、己の関心事にかまけて彼らを顧みなかった自分を責めるさなかにも、彼らの忘我の目付き、夢見るようなまなざしに惹かれるのを私たちは自覚し、自分たちの日々を内なる旅で解放できたら、と夢想するのだった。

もしかするとここまでの私の記述は、間違った印象を与えるものであったかもしれない。万事がこんなふうだったということではない。「顕現」初期の、すべてのリビングルームで神秘的な生がいまにも爆発しそうに思えた時期でも、私たちは車を走らせて職場に向かい、夕食の席に着き、カートを押して冷凍食品売り場の通路を進んでいったのである。木蔭になった四つ角で、ヘッドバンドをしたジョガーが足踏みしたまま車が曲がるのを待った。チェーンソーやウッドチッパーの音が郊外の空気に満ちた。日蔭でも暑いポーチで、けだるい真夏の午後、カットオフジーンズをはいてビキニトップを着た女子高校生が長いストローでレモネードを飲みながら、赤っぽい茶色の髪を指にぐるぐる巻きつけた。

一方、あたかも閉じたブラインドの陰から子供たちを見守っていたかのように、私たちの町の年長者たちが隠れ場所から出てくるようになった。彼らが夜遅く、暗い玄関ポーチに集まり、黙って体を揺らしているのを私たちは見た。彼らはいまにも起ころうとしている何かを待っているように見えた。時おり、彼らがひどくゆっくり、私たちの家の裏庭を横切っていく姿が目にとまった。彼らは小股で、うつむいて歩き、杖や歩行器のゴムの先端が草に食い込んだ。ある夜午前二時に、八十六歳から九十三歳の「年配者」四人が、砂浜を下って水際まで行き、警官に発見されたとの記事が新聞に載った。警官が見つけたとき、彼らは沖の方をぼんやり見ていた。潮が満ちてきていて、低い波がすでに彼らの靴とくるぶしを包んでいた。

時おり、いまにも、角のすぐ向こうで、突然夏がその秘密を明かすのではないかという気がすることがあった。そうしたら、安らぎが、慰撫する雨のように私たちの心に降ってくるのだ。

八月もなかばになると、私たちは、私たちをついぞ十分遠くまで連れていってくれなかった冒険の疲れを感じていた。と同時に、まだ試されていないいろんな可能性に対する鋭い、熟しすぎた敏感さのようなものが私たちを焼き焦がしていた。静かでけだるい完璧な午後、夏の最後の日々が、落胆の重みを担って私たちの許にやって来るのがすでに感じられた。いったい私たちは何をやったか？　何を成し遂げたというのか？　すべてが何かに結実すべきだったのにという思い、必ず来るはずの絶頂がなぜか来なかったのだという思いがあった。そうしてつねに、日々は過ぎていった。決して解けないであろう謎のように。

そんな八月も末の、深みを帯びた日だった。空気が光と熱にゆらめくように思えて、空はまばゆく晴れているというのに、かすかな靄《もや》を通して物を見ているような気がした。それは私たちの、蓄積されてきた欲望の靄だったのだろうか？　というのも、夏の最後の数週間、私たちの渇望はますます強まり、ますます切迫し、トンネルや屋根住まいをもってしても、集まりや調査をもってしても、和らげられはしないと思えたのだ。そんなものはどれも、いまふり返ってみると、私たちが捉えようとして捉えられずにいるものの貧弱な象徴でしかないように思えた。土曜日のことだった。八月最後の土曜日だった。一年最後の土曜日のよう、この世の最後の土曜日のように感じられた。漠たる落着かなさに満ちた気分で午前、午後を過ごすあいだ、私たちはほとんどそこにいなかった。裏庭や玄関ポーチに、ピクニックテーブルや海岸にいても、懸命にほかの方向に向かっていた。私たちはほかの場所《エルスホエア》にいた。

変化は黄昏どきに始まった。私たちの大半は、昼行った場所からすでに帰宅していた。夕食も終え、一日の残りの訪れを待ち、私たちの欲望に見合った何かが現われるのを、その夏特有の奇妙なやり方で待っていた。太陽はもう姿を消していたが、電信柱や木々の梢はいまだ光に染まっていた。空は水色だった。あちこちの窓にランプが灯った。それは一日のなかの、同時に二つの時間である時間だった。上はまだ明るい空、下は夜の始まり。あたかも昼がしばし決心がつかず動きを一時停止したかのようだった。そして、それぞれバラバラの場所にいた私たちは、おそらく十分注意していなかったのであり、黙想に落ち込み、自分もまた一時停止に入り込んでいたのだろう。誰かが最初だったにちがいない。手が物憂げにのびて、さざ波のようにランプテーブルを抜け、漂うようにランプを抜けていった。通りから通りへ、それは次々起こった。肩が動いて浴室のドアを抜け、手が浮かんで肱掛け椅子を抜け、落ちてポーチの手すりを抜ける。わずかな抵抗感が、手を冷たい水に通すような、蜘蛛の糸を突き破るような感触があったと証言した者もいた。まったく何も感じなかった者もいた。私たちの町の家々から、共同の喘ぎ、もしくはため息が聞こえたと主張する者もいた。その瞬間の不思議さのただなか、夏が私たちと出会うべく立ち上がったことを私たちは理解した。

用心深く、喜び勇んで、私たちは両腕を広げて家を通り抜け、もはや私たちに抗わない事物を通過していった。人々があたかも呪文にかかったかのようにさまよっている街路へ私たちは出ていった。ゲラゲラ狂ったように笑っている子供たちが、カエデの幹を何度も駆け抜けて行ったり来たりしていた。私たちは歩いて生け垣や白い杭柵《くいさく》を抜け、足を踏み出しポーチの側面を抜け、家の壁を通り抜けて別の家の裏庭に入っていった。ブランコ椅子やバードバスを通って私たちはそぞろ歩いた。本町通りまで行くと、青白い色の空で街灯がほのかに光り、畏怖の念に身を固くした群衆が商店のウインドウを通り抜けていった。誰かが上を指さした。電信柱の横木にとまろうとした雀が横木を通り抜け、羽をばたばた激しく振ったがやがてすうっと上昇して空へ戻っていった。

どれくらい続いたか、誰にわかるだろう？　私たちはその薄闇のなかへ、世界の皮膚の下に何があるのか前からずっと知っていたかのように飛び込んでいった。自分が溶けていくことに私たちは歓喜した。暗くなっていく空の下、初雪のあとの子供たちみたいに私たちはさまよい、町を通り抜けていった。

日が暮れる直前、空にまだ少し光が残っているころに、かすかな濃密化を私たちは意識した。いろんな物を通り抜けていく際に、絹のように滑らかなくすぐったさがあった。誰かがぎゃっと叫んだ。店の横壁に膝をぶつけたのだ。物がところどころで硬くなっていった。あちこちで手が木や石のなかに引っかかった。

あとになって、そのすべてを理解しよう、それに意味を与えようとしたとき、何人かは唱えた。ひょっとしてある瞬間、黄昏どきの始まりに、私たちの町の全員が何か町以外のものを夢に見たのではないだろうか。町は私たちの注目を失って、震え、揺らぎはじめ、物質性を失っていったのだ、と。より懐疑的な者たちは、何ひとつ起こりはしなかったのだ、インフルエンザの突発のように大規模な譫妄《せんもう》状態が私たちの町を襲ったのだと論じた。またある者は、我々は啓示を与えられたのにそれをどうしていいかわからなかったのだと説いた。我々の無知が、硬さの支配を招き入れてしまったのだ、と。

その日何が起きたにせよ、翌朝私たちは、あたかも丸一か月眠っていたかのように目を覚ました。日の光が室内に流れ込んできた。私たちは手をのばし、いろんな物の縁に触れた。私たちの家のキッチンで、椅子は床から飛び出てきたかのようにくっきりきわ立った。私たちは手にスプーンの重みを感じ、指にシリアルのボウルのへりを感じた。私たちはドアの重みに抗して押し、足の裏がドアマットや玄関前の階段に押し返されるのを感じた。外に出ると、藪の枝や生け垣の枝に私たちは指を這わせ、ホースや車のハンドル、芝刈り機のゴムのグリップを握った。本町通りでガラスのドアの把手を摑み、物を拾い上げると物が引っぱり返し、買い物袋に物を詰めると袋が手のひらに抗った。私たち

つ

は一日じゅう歩道が押すのを、草が迫ってくるのを感じた。一日じゅう日の光の重みが腕に降り立つのを感じた。皮膚をさすりながら、一日じゅう空の青さを、影の縁を感じた。時おり私たちはあのもうひとつの夏を思い起こしたが、もはやそれは、私たちが冬に暖かいリビングルームで語るであろう物語だった。両腕を大きく広げて黄昏どきの街をさまよったひとときをめぐる、ずっと昔の、いつかの別の人生のなかの物語だった。

アルカディア

Arcadia

Arcadia

ようこそ

人生の重荷に疲れていませんか？　アルカディアへようこそ。ここは百年以上前、特別な顧客の方々のニーズに応じるために作られた、のどかな森の隠遁所《リトリート》です。二千エーカー以上に及ぶ、ゆるやかにうねる敷地にトウヒとマツが茂る森のなか、あらゆる好みにお応えする快適な宿泊設備を手ごろな価格でご提供いたします。石造りの暖炉を備え、節の残るマツの板壁がめぐらされた心和む二部屋ログキャビン48棟、専用パティオのある三部屋コテージ36棟、そして特別なケアが必要なお客様のために本館二階に用意したゲストルームと続き部屋《スィート》12室のなかからご自由にお選びいただけます。ご年齢やご体調にかかわらず、高度な訓練を受けたライフ・カウンセラーと移行支援員《トランジション・ファシリテイター》の専門チームが御入居者様のあらゆるご希望に対応し、ご本人と徹底的に相談しながら、お一人お一人がご自分の目標を達成なさるお手伝いをいたします。私どもは過去五年に97％の高い成功率を誇り、賞も受賞しておりますが、お客様お一人お一人がそれぞれのペースで進まれねばならないことも理解しております。ここアルカディアでは、望ましい結果に直結する方法をご一緒に模索しながら、御入居者様ご自身のライフスタイルと気質に最適な形でご奉仕するよう尽力しております。

宿泊設備

キャビンとコテージはそれぞれ、目に快い柵で仕切られたみずみずしい林地に立ち、最大限のプライバシーを保証するとともに、散歩道、小川、湖、また当リトリートでもとりわけ多くの方々に愛されている一連の深い峡谷にも気軽にアクセス可能です。キャビンとコテージにはすべて、設備の整ったキッチン、心地よいベッドルーム、シャワー付きの現代的なバス、クッション付きアディロンダック・チェアとブランコ椅子のある網戸付き玄関ポーチを完備しております。ベッドにはすべて中硬度の高級マットレスを使用し、贅沢な素材のリネンを使ったトリプルシーツをご用意しております。冷蔵庫には新鮮なスプリングウォーターのボトルを常備。プログラムの方針によりコンピュータや携帯電話は持ち込めませんが、どのキャビンとコテージにも便利で使い易いプッシュホンが設置され、本館一階の入口左にあるメインオフィスとは二十四時間直接連絡がつきます。食事はすべて当リトリート内のキッチンで調理し、一日三回、特別に訓練を受けたフードデリバリー・スタッフがお部屋までお届けします。当プログラムでは皆様のプライバシーと独立を奨励し保護いたしますが、御入居者様が決定的瞬間に向かって進んでいかれるなか、面談や訪問が必要な場合はスタッフが昼夜を問わず対応させていただきます。

入居者の皆様

当リトリートの入居者の皆様は全五十州と全五準州から、加えて世界中の国々からもいらしておられます。私どもは人種を問わず、境遇を問わず、あらゆる宗教・無宗教の方々を等しく歓迎いたします。疲れていて休息を求めていらっしゃる方、悲嘆に暮れ活路が見出せずにいらっしゃる方にはアルカディアがぴったりです。行き止まりに来てしまったと感じておられる方。人生が何の約束も差し出してくれないと思える方。毎朝、生まれてこなければよかったのにという気分で目覚める方。もう探すには及びません。私どものドアは大きく開いています。私どもは助ける手を差しのべてさし上げるためにここにおります。人生に意味がないと思われるすべての方、もうこれ以上耐えられないのにそれでも耐えてしまうすべての方、愛されていない、認められていない、求められていない、忘れられていると感じているあなた、私どもの許においで下さい。道を示してさし上げます。

お客様の声　＃1

恐ろしい事故のあと私は二か月自宅から出ませんでした。目に映るのはひたすら、燃えさかる車のなかで泣き叫ぶ妻と五歳の息子の姿でした。昼間は切れぎれに落ち着かず眠り、夜は一晩じゅう誰もいない家のなかを歩いてはあちこちの部屋で立ちどまりました。すべての部屋の明かりを点けっぱなしにし、電球が切れても取り替えませんでした。一つまた一つと切れていき、しまいには闇のなかで暮らすようになりました。闇が私にはしっくり来ました。一人の友人が救ってくれようとしました。悲しみカウンセリングにも行きましたが、私には悲しみしかないのにあの人たちは悲しみを私から取り上げようとしました。ある日病院の待合室で雑誌を開くとアルカディアの広告が目にとまりました。この場所がすべてを変えてくれました。まだ来て十日しか経っていないのに、もうすでに自分を取り戻し、自分が何をすべきかがわかりました。ここの人たちは、すべてがハッキリ見えるようにしてくれるのです。もう何ものも私を止めはしません。ありがとう、アルカディア。

移行支援員

当リトリートの移行支援員はみな技術に長《た》け、友好的で、私どもの斬新なプログラムの核となっている、お一人お一人のニーズに合わせたケアの実践に努めております。ご入居当日に支援員一名が割り当てられ、以後、毎日定期的に面談いたします。この個別インストラクション・セッションに加えて、意思決定プロセスの質向上を目的に、移行支援員のほうから、一つもしくは複数の動機付けグループへのご参加を提案させていただくことがございます。御入居者様の目標は私どもの目標です。すなわち、障害の克服。入居者の方々はみな、最後の障害に立ち向かう前に克服せねばならない障害を一つならず抱えておられます。私どもの結果重視プログラムは、御入居者様のニーズに基づいて特別に組まれています。御入居者様が有効な解決に到達されるよう、週七日、一日二十四時間ご協力いたします。

峡谷

当リトリートに点在する十四の峡谷は、自然の美しさと無二の機会とをふんだんにご提供します。険しい断崖がおよそ百メートル、急流に向けてまっさかさまに下っております。崖のてっぺんは危険で、傷んだ古い手すりに部分的に護られているのみです。峡谷の上には手すりのない狭い架け橋が渡され、周囲の山岳と、はるか下の急流との、息を呑むほど美しい眺めを見せてくれます。崖の側面からはたえず岩が転げ落ち、時には激流や滝の轟きにも負けずその音が聞かれます。これらの峡谷は当リトリートでも指折りの人気スポットで、昼夜多くの御入居者様が、崩れかけた崖っぷちや手すりのない架け橋に引き寄せられておられます。

お客様の声　＃2

ここへ来るまでわたしはさみしくて落ちこんで、もう二十八才の大人の女だというのに毎日子どものように泣いてくらしていました。わたしは前々からずっとこうで、何かがおかしいのですがそれが何なのかはわからなくて、けれど見るからに変で、とくに頭が変なのです。小さいころはほかの子どもたちにからかわれ悪口を言われ、少し大きくなると男の子たちに利用されてヒドい目にあわされました。宗教もやってみましたがうまくいかず、リストカットもやってみたけど何べんやってもちゃんとできません。人生は暗い場所で、生き地ごくで、出口はどこにもありませんでした。そんなある日、アルカディアのことを聞いたのです。ここはよそとはぜんぜんちがいます。ちゃんとわたしの話を聞いてくれて、わたしが聞きたいことを言ってくれます。何がさまたげになっているのかおしえてくれて、こうすればこくふくできますよ、あなた自身の内なる声にしたがいなさい、とはげましてくれるのです。いまではわたしも何をしたらいいかわかります。じゅんびはできました。その時が来るまえに、まずはアルカディアのみなさんに心からお礼を申しあげたいとおもいます、とくに、しえん員のジョンのおかげで道が見えました。ほんとうにかんしゃしています

失敗

当リトリートのプログラムが長年成果を挙げ、高い成功率を誇る一因として、御入居者様の長期目標達成をお手伝いする上での失敗の意義を理解していることが挙げられます。御入居者様の成功こそ私どもの究極の目的ですが、成功は誰にでも同じように訪れるわけではありませんし、また、同じ時間が経てば訪れるというものでもありません。時には失敗こそ、御入居者様独自の旅における必要な一ステップであることを、私どもの支援員は十分に理解しております。失敗とは何か？　そう問われる方もいらっしゃることでしょう。失敗とはためらいの一形態です。まだ準備ができていないということです。失敗の営みがそのなかに、御入居者様が探しておられる秘密を隠していることを私どもはお示しいたします。失敗を歓迎し、失敗を克服するためにそれをご自分の内に取り込むすべを伝授いたします。失敗の道は成功の宮殿に通じる、これが当リトリートのモットーです。いざ瀬戸際に来てみると、ついためらってしまわれるでしょうか？　最後の瞬間に思わずあとずさってしまいがちでしょうか？　怖いでしょうか？　落胆には及びません。ためらいとは活力を貯め込む営みなのです。失敗とは、自らを完全にさらす機会をまだ与えられていない成功のことなのです。

動機づけ立会人プログラム

動機づけの刺激を求めていらっしゃる方々には、私どもの動機づけ立会人プログラムが、まさに必要な後押しを与えてくれます。この人気プログラムには、立会人としても当事者としても参加可能です。当事者は立会人がいることによって動機づけられ、立会人は立ち会うという行為に刺激されて、同じ方法を追求する方もいれば違う方法を選ぶ方もいらっしゃいます。詳しくはメインオフィスにご用意した情報パケット3Aをご覧下さい。

お客様の声 ＃3

最高のプログラムを提供してくれるアルカディアの皆さん万歳！　ここへ来たとき私はそんなに動機づけされていなかったけど、いまではしっかりエンジンがかかって、早くやりたくてうずうずしています。何より素晴らしいのは動機づけ立会人プログラムで、ほかの住人が選びとるのをこの目で見られるのです。そこがこの場所のいいところです。自分にとって何がいいのか見つけ出して、実行する。ホント、信じてもらって大丈夫です。早い話私、出来上がってます。

アルカディアの湖

アルカディアの随所にある湖は穏やかで、静かで、深さは十分です。どの湖もゆるやかな坂を成す木深い丘に囲まれ、歩きやすい散歩道を通って容易にアクセスできます。湖の大半は、数百年前、ネイティブ・アメリカンの部族がこの地に定住した時期に形成されたものです。歴史ある湖の手つかずの美しさは、瞑想と決断を誘います。湖はどこも騒音禁止で、モーターボート、水上バイク、その他いかなる原動機付き船舶も厳禁となっていますが、静かな湖畔のあちこちにボートやカヌーが用意されておりますので、ぜひ積極的にご利用ください。大きめの湖ではたいてい、木の茂る小島が浮かび、御入居者様のなかには、黒々とした木が堂々たる枝をのばしたこれらの島をいたく気に入られ、音もない水が深く、深く、誰も測ったことのない深みまで降りている湖よりもっといいとおっしゃる方もいらっしゃいます。

二つの希望

一つめの希望は、本来の務めから人の気をそらさせる希望です。それは人を呼び戻す希望であり、古い生き方への、ただしなぜかより良い、より賢い、より健康で幸福な生き方への回帰を約束する希望です。これは欺《あざむ》きの希望です。二つめの希望は、希望に欺かれない希望です。希望を捨てる希望です。これこそ真の希望、唯一の希望、永続する安らぎに導いてくれる希望なのです。

洞窟

美しさと危険さで名高い、当リトリートの地下洞窟の比類なき驚異をぜひご探索下さい。印の付いた入口、付いていない入口がアルカディア中いたるところに出来ています。木深い丘の中腹、森の窪みや水たまり穴、湖畔の土手や廃坑になった坑道。時には散歩道の道端に、人工の踏み段が下にのびていたりもします。ぜひ降りてみて下さい。古代までさかのぼるこれら石灰岩の洞窟は、人工の照明が点いているのはほんの入口だけで、すぐに闇が始まります。地中深く、太陽と空から遠く離れて、ご自分の思いだけをお供に、暗い通路を何時間もさまよわれることもあるでしょう。通路から時に、水が垂直に落ちていく滝や、黒い静かな池に出くわしたりもするでしょう。通路の壁から岩がしばしば棚のように突き出てくねくねとのび、深い裂け目やクレバスが見下ろせます。壁に手を這わせて、ちょっとしたひびや割れ目を探してみて下さい。中には人体が入れるくらい広いところもあるはずです。これらの開口部を通って、もっといっそう暗い冒険へと進んでいくのです。

お客様の声 ＃4

わたしの人生は可もなく不可もなく、何とも静かで平凡でしたが、やがて一人の優しい男性に恋をしてその人もわたしを愛してくれて、人生がすっかり変わりました。毎朝、燃えるような、炎のような幸せとともに目ざめました。その人と会うのが、優しい恋人、愛する人と会うのが本当に楽しみで、何を見てもみずみずしく、何もかもがわたしの愛の確固とした光に照らされていました。そしてわたしが愛する人は結婚していましたけれど、それがどうしたというのでしょう、わたしたちにはおたがいがいたのです、あの人は唯一の、たった一人の素敵な人、あの人のおかげで本当に生きているんだと思えたのです、わたしの美しい優しい人のおかげで。時にはあの人がわたしと一緒にいられないこともあってそういうときは本当に辛くて、会えずにいる時間はいつも幸福で燃えてもいられなくて、時にはさみしくて燃えていました。あの人には恋人としてだけじゃなく心の伴侶としてわたしの人生にいてほしかったのです、日々のいろんなことを一緒にできたらどれだけいいだろうと思いました、買い物をしたり笑ったり手をつないで町を歩いたり、でもあの人は、ぼくたちは用心しないといけない、妻につらい思いをさせたくないからねと言いました。それはわたしにも理解できました、あの人はほんとにいい人、優しい人でしたから、でもわたしは、奥さんにつらい思いをさせたくないって言うけどあなたわたしにはつらい思いさせているのよと言いました。あの人に会えないと人生が暗くからっぽに思えました、あの人はいい人でしたけど弱かったのです、弱い人間だったのです、あの人のことを弱い人間と考える自分が嫌でしたけれどあの人はわたしにつらい思いをさせていてそれはガマンできませんでした。わたしにできるのはいまの状態をそのまま受け入れることだけ、つまり自分の人生はからっぽでさみしくて待つだけなんだと受け入れることで、夜中にあの人がとなりにいるのを感じて目をさましたのにベッドは冷たいことが何度もありました、あの人は奥さんと一緒だったのです、幸せな家庭で。あの人はいい人だけど弱い、誰にもつらい思いをさせられない弱い人間、でもわたしにはつらい思いをさせていた、いい人が毒みたいな弱さを持っていてわたしを殺していた。時おり自分の人生が静かで平凡だったころを思いかえすと、なんだかそこは二度と帰れない平和な美しい国みたいに思えました。いまでは毎日毎日が長く、じわじわ身をねじられるみたいに苦しくて苦しくて、ランプテーブルのランプが耐えがたくて、病気を抱えた人間みたいでした、死にそうで死にそうでないみたいな、わたしに人生をもたらしてくれたものがわたしから人生を奪っていて、それがやがてある日、アルカディアに来たのです。まるで平和な国に帰ってきたみたいでした。わたしのキャビンは静かで清潔です。曲がりくねった散歩道を歩くのは本当に気持ちよくて、森や小川がわたしに話しかけてくれます、峡谷が川のようにあちこちに広がっていてほんとにきれいです、わたしは崖っぷちに立って下を見下ろします。一人きりの安らぎが愛に満ちた腕のようにわたしを包んでくれます、それはこれからやって来るもっと大きな安らぎの先がけです、わたしは答えが見つかったのであり心から感謝しています。

設備

当リトリートは御入居者様がご自分の目標を首尾よく達成なさるよう後押ししてさし上げるのが第一の目標ですが、ここアルカディアでの皆様のご滞在が最大限快適で気持ちのよいものとなることも私どもは願っております。全室の床に上質の硬木を用い、さまざまに際立った模様の手織りラグを敷いています。心地よい現代風の家具を揃えたなか、厳選した手作りのアンティークを控えめに配置しました。キッチンには調理用具、ナイフフォーク等を完備し、ドイツ製の精密仕様の抗腐食加工ステンレスナイフ・セットは並外れて鋭い切れ味を誇ります。寝室にはそれぞれアンティークの手彫りロープ箱が備えつけられ、目の細かい百パーセント自然素材の繊維を用いた麻ロープを長さ、太さとも各種取り揃えました。全天候仕様、退色防止加工のキルト風ハンモックが各コテージ、キャビンの裏手の専用林地スペースのトウヒもしくはマツの木に掛けてありますので、頼もしい心地よさをご満喫下さい。それぞれのハンモックからも遠くないあたりに、古めかしくチャーミングな、深さ三十メートルを超える石造りの井戸があります。手塗りの多色ガラスを用いたランタンが、専用の小径沿い、随所に枝から吊され、より暗い小径に至る途上、柔らかな光の池をもたらしてくれます。

沼

さらに変わった道行きをお望みの方には、当リトリート内に点在する、長い歳月を経た沼や湿地がちょっとした冒険を提供してくれます。沼の深さはまちまちで予測不可能です。水は概して浅いのですが、水の下に隠れた、腐食した植物から成る沼地は足で踏むとその圧力で突然崩れる場合がありま す。これらの沼地は六メートル、もしくはそれ以上の深さの測定例が知られています。とりわけ物騒な場所を示したパンフレットをご用意しています。

お客様の声　♯5

灰色の気分のことを少しお話ししたいと思います。古い映画に出てくるような、大いなる苦悩とかではなく、灰色の気分、黄昏の薄暗さ、そういうものがあの当時からいつも私にはあったのです。小学生のころに母が私のことを見て「どうしたの、ジョーイ?」と訊くのですが、何と答えていいかわかりませんでした。「内気なんだよねえ」と人にもよく言われましたが、そういうことではありませんでした。高校のときはガールフレンドもいましたし、憂い気味の目が好かれもしたのですが、私のことをの方はいまひとつその気になれず、相手は物足りなかったようです。もっとあとに、ビタミンのサプリメント、抗鬱剤、食餌療法などいろいろやってみましたが、灰色さはいっこうに治りませんでした。世灰色さはひっそり静かで、でも静かでないとも言えて、一種落着かぬ空虚さという感じでした。世の中には灰色さに惹かれる女性もいて、自分がこれをなくしてあげられる、と思うみたいです。私は善良な女性と結婚しました。新婚旅行はナイアガラの滝に行き、帰って来ると家の頭金を払いました。妻が私を見て「どうしたの、ジョー?」と訊くので灰色の気分のことを私は話そうとしましたが、すると妻の顔に変化が生じるのです。君のせいじゃないんだよ、と私は叫びたかった。灰色の気分なんだよ、何もかも同じことなんだ、僕のなかで何かが欠けているんだ、それとも何か余計なものがつけ加えられてしまったのか、灰色の何かが。ある日妻は出かけていき、それっきり帰ってきませんでした。空っぽの家に私は一人きりになりました。これで本当の妻と結婚したんだな、この空っぽの家と、そう思いました。ある日の午後、近所のヤードセールの前を通りかかりました。古い居間の家具、コードがうしろから這っているランプ。僕はこのヤードセールだ、と思いました。ほかにもいろんなしるしが見えてきました。私は道端の草むらに転がっている色褪せた紙マッチでした。夕暮れの街で〈止まれ〉の標識からのびている影でした。この灰色さは、自分のなかに腫瘍みたいに抱えているものなんだろうか、それともいがみたいに外からへばりついているんだろうか、そう自問しました。ある日私はアルカディアを訪ねました。ここの人たちは、灰色さを知っているのです。私と同じに、この人たちも自分の目で見たことがあるのです。それは峡谷の縁にあり、湖の静かな中心にあるのです。安らぎが私の方に流れてきます。私はただそっちへ向かって歩いていくだけでいい。行けばそれは、私のものになってくれるのです。

メニュー

当リトリートの食事メニューは、健康にいい昔ながらの定番料理と、ユニークで多彩な地元のレシピの組合せです。前者はたとえば、有機栽培のローストポテトと蒸し温野菜を添えた、放し飼いの鶏を使ったクラシックなローストチキン。ベジタリアン料理もリクエストに応じて調理いたします。筋金入りの肉好きの味覚も満足させる、栄養豊富なベジタリアン・ディナーをご用意しています。当リトリートでお出しする野菜はすべて、地元の農場で育てられ毎朝収穫する朝穫り野菜で、これに敷地内の菜園で作った香味豊かなハーブを各種添えています。ニワトコ、野生オレンジの花、レモングラスなどの上質のハーブティーも取り揃えました。

迷子になる

何マイルにも及ぶ、趣《おもむき》豊かな林の散歩道には、入居者の皆様が迷子になられないよう入念に標識を設けていますが、当リトリートではまた、見慣れた場を離れていつもとは違う、もっと冒険に富む道を行くことを切望される方々の便宜もはかっています。そのような方々には、主要な散歩道から枝分かれして、鬱蒼と茂る森の奥へと入っていく無数の横道をぜひご利用なさるようお勧めします。そこへ入ればもう、道に迷うのは難しくありません。横道は唐突に終わります。苔に覆われた、古代までさかのぼる針葉樹に囲まれた、生い茂る下生えのただなかを、いまや道もなくさまよえるのです。キノコや野生のベリーがふんだんに生えていますが、食べるには用心が必要です。時おり、坂になった丘の中腹に、草木が濃く茂った深いすきまが現われます。迷子になることの快楽と挑戦を進んで求められる方々には、森の北東部にある木深い丘陵をお勧めします。いまだ探検されざる洞窟、勢いよく流れる小川、轟音を立てて落ちる滝。人の手の及んでいない荒々しい自然の風景が広がっています。

支援員の挨拶

こんにちは。僕の名前はロバート・ダーネル、アルカディアの移行支援員チームの一人であることを誇りに思っています。率直に申し上げてよろしいですか？　あなたは不幸です。あなたは人生に何の意味も見ていません。あなたの息子さんは死に、旦那さんはあなたを見捨て、奥さんはあなたの一番の親友と一緒に駆け落ちしました。あなたは一人ぼっちで、痛みを抱え、自分が憎く、誰にも愛されず、太っていて、醜くて、死んでしまいたいと思っています。僕たちは理解しています。理解するのが僕たちの仕事です。あなたがどんな方で、何を必要とされているか、しっかり理解しています。ここアルカディアで、僕たちは道を示してさし上げます。道はある人にとっては容易でありまたある人にとっては困難ですが、それは唯一の道なのであり、ひとたびご覧になればあなたにもわかるはずです。前からずっと、あなたにはわかっていたのです。僕たちの許へおいで下さい。僕たちが導いてさし上げます。実のところそれはあなたの親しんだ道です。道はあなたのなかにあるのです。アルカディアはあなたのなかにあります。初めからずっと、あなたはアルカディアに住んでいらしたのです。

出会い

入居者の皆様の絶対的なプライバシーを確保するため、当リトリートではあらゆる措置を講じておりますが、ほかの入居者の方との出会いも時には生じます。敷地内の森の小径、湖のほとり、洞窟の奥深くなどでそれは起きます。そんなときは、黙って一度会釈し、目をそらして、先へ進まれるようお勧めします。思考過程が邪魔されないこと、それこそが御入居者様が携わる発見への旅に肝腎なのであり、これを守るべく万全の注意が払われねばなりません。万一相手の入居者の方が会話を始めようとなさったら、礼儀正しく微笑みましょう。答えてはいけません。そのようなルール違反はただちに担当の支援員にご報告下さい。ここアルカディアでは、皆様の益を最大限に保つこと、それが唯一私どもの関心事なのです。

お客様の声　＃6

初めてのときを覚えています。朝食のテーブルでコーヒーを飲んでいて、特に何も考えずにいると、ふと、なぜ?という思いが湧いてきたのです。片手が中空で止まったこと、コーヒーカップが目の前に浮かんだままになったことを覚えています。それからというもの、その問いが昼日中、出し抜けにふっと浮かぶようになりました。朝の通勤列車に乗り込み、窓側の席に座って、ノートパソコンを開くと、突然なぜ?と考えてしまうのです。あるいは、暑い夏の日に裏庭の芝生に水をやりながら、晩のバーベキュー、シェリ＝アンとのお喋り、友人たちとの笑いを私は楽しみにしていると思いが湧いてきます。なぜ?　まるで私のなかに小さなひびが入って、すきまが空いたみたいでした。暗い風が吹き抜けていました。私はどうしたのでしょう?　鬱になりかけているのでしょうか?　でも気分は上々なのです。ただ単に、小さな声が何度もなぜ?とささやくだけ。その声が聞こえても先へ進めはします、でも何もかもが変わってしまっているのです。どこかの家の側面を照らす陽の光ももはや同じではありません。食器立てに置いたグラスも同じではありません。何かが自分に起きていることはわかるのですが、それが何だかはわかりません。夜中に何度も声に起こされました。なぜ?その答えを探す営みが、私をアルカディアに導いてくれたと言ってもいいでしょう。何日かすると、私は新しい人間になっていました。ここでは、することすべてに目的があります。なぜがやって来ても、答えがあります。いまは支度をしているのだ、用意を進めているのだ、と。外の世界では、一日一日が、日曜月曜火曜……と何の意味もなく続いていきます。カレンダーの数字は変わりますが、それらはつねに同じ数なのです。ここでは、木の葉が一枚落ちると、それは、最後のカレンダーから破り取られた最後の一枚が立てる音のようです。カップ一杯のコーヒーがトランペットのごとく轟きわたります。じきにその時が来るでしょう。

枝

当リトリートの古色豊かな木々の枝は頑丈で誇らしげです。低い方の枝の多くは、手をのばしたところからさして遠くない高さから出ており、そこからあらゆる方向に力強く突き出し、陽と絡みあって作る豊かな明暗でもって小径や下生えを覆っています。もう少し高いところでは、何列も連なる枝がすきまを作り複雑な角張った模様を形作り、近隣の木々の枝と絡まりあい、人が梢の方を見ようにも視線をさえぎってしまうこともしばしばです。プンゲンストウヒやストローブマツ、ドイツトウヒやアカマツが何エーカーも広がるなか、ナラ、ブナ、ペカン、ナナカマド、ハンノキ、カバノキの木立にも行きあたります。低い方の枝はその多くがほぼ水平にのびていて、瞑想を誘います。その下に座ってみて下さい。じっとしてみて下さい。思いがそれら力強い、安らぎに満ちた場所へのぼって行くに任せましょう。

移行パートナリング

大多数の御入居者様にとっては、一人きりの単独移行がもっとも有効であることを私どもは経験から学んでまいりましたが、移行パートナリングも例がないわけではありません。時にそれは起きるのです――本館の敷地内で見かけた別の入居者への会釈、林の小径を歩いてくる入居者と交わした一瞥《いちべつ》。可能性が、初めは朧《おぼろ》に生じ、それがだんだんはっきり、切れ目なくなってきます。パートナリングの手配はすべて担当の移行支援員が行ない、そもそもパートナリングが有益か否かに関してもアドバイスいたします。御入居者様の最終目標が首尾よく完遂されるにあたっては、複数のファクターが絡んできます。満足の行く最後に結実する可能性があるなら、いかなる方法であれ私どもは結果重視ベースで検討いたします。

お客様の声 #7

とりあえず私のことは、小さな町に住む女子、と括ってもらっていいと思います。一家で出かける川辺のピクニック、日曜日は教会、フットボールチームを応援して、暑い夏の夜はメインストリートのアイスクリームパーラーの外に座って友だち同士クスクス笑い、男の子と何となく戯れて。高校を出ると、映画館の向かいのレストランでウェートレスを始めました。大学に行った友だちも何人かいて、一日も待てないっていう感じで出ていったけど、だいたいはみんな町にとどまって、工場で働いて身を落着けました。私もわりといいお金を稼いでいて、毎年少しずつ貯金しながら男の子とデートしたりしていました。相手はたいていい高校のときから知っている子でしたが、いまではみんな大人になって、結婚相手を探していました。でも私は理想の人が現われるのを待っていました。静かな通りにある家の一部屋を借りて住んで、毎週水曜と日曜にはパパとママと一緒の夕食、週末は双子の姪っ子たちのベビーシッターをやりました。小さな町では時が経つのもゆっくりです。理想の人は現われず、知り合いはもうみんな子供がいるみたいでした。自分の声に、いままでは聞こえなかった、無理した陽気さみたいなものが聞こえるようになりました。こういう町の夏の夜というのは、優しくもあり残酷でもあります。遠い列車の響き、玄関ポーチのほのかな光、カエデの木の下で笑っているカップル。私は牧師さんと話をしました。気を長く持ちなさい、そのうちいいことがありますよと牧師さんは言いました。罠にはまったみたいな気がしてきて、どうしたらいいかわかりませんでした。ある日、年上の男の人と出会いました。優しい目をしていて、君と結婚したい、裏庭と玄関ポーチのある家を君にあげたいと言ってくれたのですが、これで万事うまく行くかと思ったところで、その人が重窃盗罪二件で警察に指名手配されていることがわかりました。ときどき私は息ができなくなりました。大声で叫びたくなり、何かを叩き壊したくなりました。私は感じのいい笑みのウェートレスで、川辺のピクニックに一緒に来る叔母さんで、教会の親睦会では気さくなご婦人。どうしたらいいかわかりませんでした。年じゅう疲れていて、口許に皺が見えてきました。自分が何かを待っている気がしました、もはや単に夫をではなく、何か違うもの、何かもっといいものを、別の町、別の人生を。ここを離れてどこかよそへ行った方がいい、違う場所で暮らすんだ、と思ったけれど、私のような人間がどこへ行けるでしょう。生まれた町に生涯住んで、決して来ない何かをずっと待っている、なんてそんなことありうるんでしょうか。私は休暇を取ったこともありませんでした。長年のあいだにけっこうお金も貯めていて、それでアルカディアに来たのです。それですべてが変わった、と自信をもって言えます。メインオフィスの誰もがすごく気さくに接してくれます。私の支援員はとても親切で理解があり、私のいまの気持ちに関して率直に話をしてくれます。人生が過ぎていってしまい、出口はどこにもない、そう感じることはべつに恥じゃないんだと教えてくれました。大声で叫びたい、逃げ出したい、でも毎朝寝床から出て仕事に行って、何ひとつ変わらない。私がまだ願望によって自分を世界とつないでいることが支援員のおかげでわかりました。物事はどうやってだかいずれ良くなる、という願望——実は良くなりっこないと自分でもわかっているのに。その願望病から癒えると、安らぎが胸に訪れるのが感じられ、何をしたらいいか私にはわかったのです。

塔

北西峡谷の崖に建つ、歴史ある展望塔にぜひお立ち寄りください。百年以上前に建てられた、地元の石切り場で切り出された御影石で出来たこの威厳ある建造物は、高さ一三〇メートルに達し、石造りの螺旋状階段は六五九段あります。てっぺんでは展望台が塔の外側にぐるりとついており、腰の高さの手すりは著しく傷んでいます。手すりの向こうには棚がさらに三十センチ突き出ています。塔はもう何年も修理されておらず、中に入るには用心が必要です。晴れた昼間や、月の明るい夜などには、古い展望台からアルカディア周辺の壮麗な田園風景が、豊かな多様性そのままに満喫できます。崖側の一画からは、当リトリートでももっとも深い部類に属す峡谷が見下ろせます。

目標重視ディスカッション・グループ

プライバシーの入念な保護は私どものプログラムの中核を成す要素ですが、担当の支援員のほうから、二週に一度の割合で開かれる目標重視ディスカッション・グループのいずれかを推奨させていただく場合があります。これは本館の一階に数室設けられたディスカッション・ルームで行なわれ、当リトリートのライフ・カウンセラーがディスカッションをリードします。グループ・ディスカッションの目的は、経験を共有することによって動機と集中を高めることです。何日も何週間も一人で、小径、湖、峡谷、洞窟等々当リトリート自慢の場をあちこち散策してきた方が、グループ・プロセスに身を投じることで貴重な洞察を獲得なさるということも往々にして起きるのです。時には内的啓示とも言うべき瞬間すら生じ、これが御入居者様が目標へ向かって進んでいく上での生産的なターニング・ポイントとなることもありえます。グループ活動への参加はすべて任意です。会場では飲み物もご用意しています。

お客様の声　＃8

人生の旅のなかば、てなわけでもあるまいにこの森深き谷へのこのこやって来たのは、まあ何と言うか、わが魂の苦境のための背景、わが幽愁のための舞台装置を求めてのことで、かような策略によって運命を出し抜き、夜の悪霊を鎮めようとしたのだけれど、来てみれば何のこたあない、それほど悲哀《トリスト》でもない魅惑にあっさりねじ伏せられた。松ぼっくりの撒き散らされた小径の魔性あふれる曲がりくねりぶり、憧憬を誘う洞窟の抱擁、静謐なる岸辺はほとんど愛のごとく招く。そして君よ、誰よりも愛しい人よ、わが人生の光よ、可愛い裏切者、地獄から抜け出してきたケラケラ笑う悪魔、いまも身を屈めて私の耳に何やら甘い言葉をささやく君、懇《ねんご》ろな別れの言葉をいま君に告げよう、僕の可愛い悪鬼よ、わが心の殺害者よ、いまこそ僕はアルカディアの夜へ歩み出る。わが荒廃せる希望の闇のなか、夜は導きの光を発している。

待つ

時にはただ待つのが最善の策です。いずれ向こうから来てくれます。静かな湖の真ん中へボートで漕ぎ出し、オールを引き揚げ、クッションに寝そべりましょう。両手をうしろで組んで峡谷の縁に立ち、下を見下ろしましょう。陽ざしや雨風から護ってくれる木の頑丈な枝の下に座ったり、石の井戸のかたわらに吊ったハンモックに横になったりするのもいいでしょう。地下洞窟の真っ暗な通路でしばし立ちどまりましょう。静かに呼吸しましょう。耳を澄ましましょう。答えはそこにあります。向こうから来てくれます。

より詳しくは

より詳しくは、あるいはこのパンフレットがさらに何部かご入り用な場合は、arcadiaretreat.comのＨＰからご連絡下さい。私どもは皆様にご奉仕させていただくべく、皆様の居住を忘れがたい経験にさせていただくお手伝いをするため、つねにここにおります。メインの方、オレゴンの方、オハイオの小さな町やマンハッタンのにぎやかな街にお住まいの方、レイキャヴィクやムンバイで暮らしていらっしゃる方、アルカディアはあなたをお待ちしています。私どもは地図上に存在し、特定の、好ましい場に位置していますが、本当はあなたから一歩しか離れていません。すでにあなたは私どもをご覧になっています。空地、都会の公園、静まり返った夏の午後の青空のなか、あなたは私たちをつかのま見ています。私どもはすぐそこの角を曲がったところ、そこの道を渡ったところにいるのです。きわめて現実的な意味において、私どもはいたるところにおります。私どもの許にいらっしゃい。それは単に、家に帰ってくるだけのことなのです。

若きガウタマの快楽と苦悩

The Pleasures and Sufferings of Young Gautama

父の心配　真夏のある夜、宮殿の番兵以外はみな眠っている時間、シュッドーダナ王は寝室を出て七貴楽園に入っていく。蒲桃《ホトウ》の木の小径を歩くと、月の光が枝のすきまを通り抜け、王の腕の上でさざ波を立てる。花の濃密な香りが、多くの横笛の合奏のように嗅覚を揺さぶるが、王は快楽を求めて出てきたのではない。息子が何か変なのだ。どうしてそんなことが？　王子は誰もが羨む人生を送っている。若き神のように美男子で、弁論術と格闘技に長《た》け、美女たちの愛情も得ている。叡智ある者たちの授業を受け、召使いたちがこまごまと世話をする。友人たちからは崇められ、野生の孔雀が彼の手から餌を食べる。何かを欲しいと口にすれば、手の形に似せて彫った翠玉《すいぎょく》、黄金の白鳥の模様が入った紅の生地で飾った象、胸もあらわな踊り子、何でも即座に願いは叶う。健康で、丈夫で、若く、裕福。妻は美しく、夫婦生活は円満。詩人たちは彼を讃えて歌う。なのにこの誰よりも恵まれた息子、若き男性の範にして鑑《かがみ》、強大な王国のただ一人の跡継ぎが、人目につかぬ場所を求め、何時間も、何日も籠もっているのだ。使者たちの報告によれば、そういうとき王子は四百亭のいずれかをひっそり歩くか、二百湖池のいずれかのほとりの木蔭にじっと座るかしているという。最近こうした隠遁はますます頻繁になってきている。これが異性との逢い引きであれば王としても嬉しいだろうが、あいにくそんな無邪気なものではない。それは顔をそむける営み、内に引っ込む行為なのだ。息子には何か内なる傷、秘密の煩悶があるのか？　やがて鬱屈の時期は突如終わり、若き王子は何事もなかったかのように友人や仲間の許に戻る。じきに日なたで高らかに笑い、象に乗り、歓声を上げ、側妻《そばめ》たちのあいだをさまよう。むろん、一人ひっそりと過ごすのは、ひとえに長い快楽の夜の疲れを癒やし、力を取り戻すためだという可能性もある。だが王にはどうもそう思えない。こうして身を隠すことには何か不穏な、危険なところがあるのだ。ぜひとも真相を究めねば。突然、シュッドーダナ王は蒲桃の木蔭で立ちどまる。目の前の、月光に眩しく照らされた一角に、鳥の黒っぽい羽根が一枚落ちている。王は苛立ちを感じる。朝になったら、庭師頭に話をしないと。

女たちのあいだを歩く　玄関の柱廊に注ぐ木漏れ日の下、王子ガウタマ・シッダールタは側妻たちのあいだを歩く。開いた戸口のなかから、女たちは彼が通り過ぎるのを見守り、彼の気を惹こうと艶《あで》やかさと慎ましさの交じりあった儀礼的姿勢を採る。側妻たちはその美貌、快活さ、琵琶《リュート》演奏、性的快楽を喚起し持続させる技能で知られている。色を付けた紗《うすぎぬ》を腰にまとい肩に羽織って肉体の秘密を隠し、かつあらわにする。指先と足裏は深い紅に輝く。くるぶしには小さな鈴で飾った足輪を着けている。夜空にある八万四千《はちまんしせん》の星に合わせて、側妻は八万四千人いると言われている。踊り子は二万人いると言われている。王子は一夜で十二人の女を満足させることができると言われている。そしていま彼は、柱廊をゆっくり歩き、光の剣のごとく通路にまたがる陽光の矢を越えていく。開いた戸口を通して、側妻たちが長椅子に横たわり、房飾りの付いた黄色と空色の座布団に座り、首を曲げて侍女たちに髪を梳《す》かせているのが見える。一人の娘が、王子が通り過ぎるのを見ようと前に歩み出る。その絹は黄色い金厚朴《キンコウボク》の花の色、髪は黒い蜂の胴のごとく艶やか。誘《いざな》いのしるしに彼女は目を上げ下げする。ガウタマは彼女に向かって微笑み、先へ進む。足輪の鈴が鋭く鳴る音、またそれよりかすかな、宮殿の丸屋根や櫓《やぐら》を飾る小さな鐘の響きが聞こえる。柱廊の終わりまで来て、王子は日なたに歩み出る。短い草は孔雀の首と同じ光沢豊かな緑。裸足の足裏を草は柔らかく押してくる。女たちの住居から笑いのさざ波が、琵琶の弦の響きが聞こえる。王子はゆっくり先へ進む。

三宮殿　ガウタマ王子の三宮殿は夏宮殿、冬宮殿、風雨季宮殿である。夏宮殿の床はひんやりした大理石で、ところどころに噴水、水浴び池、水の流れる細い水路が挟まる。冬宮殿は柏槇《ビャクシン》の壁板と、炎と太陽の模様が入った厚い絨毯で知られる。風雨季宮殿には自然の音をさえぎる分厚い壁があり、そのなかに数多く収まった快楽館には踊り子、琵琶師、軽業師《かるわざし》、手品師、劇を上演する一流の役者たちがいる。三宮殿はそれぞれ都の外れにあって、宮殿同士、厳重に警備を配した広い地下道でつながっている。これとは別の通路が各宮殿から王の宮殿に通じている。三宮殿にはいずれも多くの中庭や階段があり、部屋数は数百、広々とした庭園、林、四阿《あずまや》があって、四つの門が付いた高い城壁に囲まれている。ガウタマは地下通路を何度となく歩いてきたが、生まれて二十九年、城壁の向こうには行ったことがない。一度、子供のころ、父と一緒に王の馬車に乗って、王の林の奥まで行った。遠くの方に、何かの壁のてっぺんが見えた。ガウタマはそれを指さし、あの向こうには何があるのかと父に訊ねた。父は怖い顔で息子を見て、片腕を振り、「あっちには何もない。すべてはここにあるのだ」

と言った。そして馬の向きをさっと変え、小径を引き返していった。

鬱屈　菱形格子の塀の扉をガウタマは閉め、静悦亭の小径を歩いていく。屋根は巧みに絡みあわされた大小の枝から成り、無憂樹《ムユウジュ》の葉を通ってゆらゆら注ぐ木漏れ日をさらに和らげている。紅がかった橙《だいだい》色の花が、顔に触れる手のように感じられる香りであたりを満たす。小径は暗い池に通じ、池の真ん中に石の噴水があって、十二の大理石の獣の口から水が噴き上げられては落ち、柔らかに撥ねて輪を描く。ガウタマは池のほとりの草むらに横向きに寝そべる。噴水の上がる音、暗い水に浮かぶ三羽の白鳥、無憂樹の花の香り、日蔭に斑模様を作る陽光の玉、これらすべてがガウタマの心を和ませるが、己の知覚を疑うのが習慣の彼は、なぜ自分は心和む必要があるのかと自問する。もし事実和みが必要なのだとすれば、それは自分にとって唯一欠けているものである。なぜなら、ほかのものはすべてすでに持っていることが明らかなのだから。愛情深い妻と息子、五感を刺激する側妻と踊り子たち、宮殿と庭園、友人と仲間、楽師、象、馬車、中国とアラビアから運ばれ鉢に入れられて彼の目の前に置かれる珍しい果物。彼の人生は快楽の饗宴なのだ。なのにいま自分は、ここ静悦亭で、不幸な恋人のように横向きに寝そべっている。そして自分は不幸な恋人ではない。では何なのか？　官能に溺れる甘やかされた人間？　足ることを知らぬ文句屋が、欲し、求め、焦がれているのか——いったい何を？　だがひょっとすると自分は、根本的な間違いを犯しているのかもしれない。孤独もまた、快楽のひとつに数えられるべきなのかもしれない。もしそうだとしたら、ここに来たのも単に、さらにもうひとつの快楽を味わうためということになる。ガウタマは考える。私は人が望みうるすべてを持っている。私が幸福でないなんてありえない。自分の唇に、憂いを帯びた微笑が浮かぶのをガウタマは感じる。

城壁　夏宮殿を囲む高い壁は柏槙で出来ており、その厚さは、王所有の象の鼻から尻尾までの長さ三頭分に達する。壁は下から中ほどまで、白い花の咲く密な蔓《つる》に覆われ、これが巨大な生け垣のように見えて、その上の暗い色の部分は、森林限界の上に広がる山々のごとくにそびえている。四つの壁それぞれに門が二つ、内側に一つ外側に一つあって、両者は通路でつながれ、弓矢と両手持ちの剣で武装した王直属の戦士によって中から護られている。外側の門は番兵の交代のためにのみ開けられる。内側の門は決して開けられない。外の門も内の門も、侵入を未然に防ぐ役を果たしており、したがって万一、都を囲む城壁が破られた場合は、兵士も市民も安全な宮殿構内に避難することを許される。だがこれはまず起きえないと番兵たちは承知している。都の壁は難攻不落であり、王の軍隊は無敵であるからだ。門のより深い目的は、万一王子が脱出を企てたときに逃亡を阻止するよう訓練された戦士たちを隠すことなのである。

チャンダ、王を訪ねる　正午に謁見廊でチャンダはシュッドーダナ王と並び、獅子、象、鸚鵡《オウム》の彫刻や絵が入った磨き込まれた柱の列に沿って歩く。チャンダは王に、王子が二日目の朝、王子をよく知る者にとっては何とも気がかりな様子で静悦亭から出てきたことを報告する。その笑い声はあまりに朗らかで忙《せわ》しなく、口で止まって目までは上がっていかなかった。ガウタマは弓術競技に参加してあっさり勝利し、女たちの住居に二時間消え、また朗らかな笑いと暗いまなざしとともに戻ってきた。何が息子の心を乱しているのかと王は問う。チャンダはまず、ガウタマが前々から唐突に引きこもる癖があったことを指摘する。幼いころからいきなり重々しい顔になられて柱の陰に一人座り込まれたものです、と。ひとつには気質の問題であり、またひとつには、かくも重大な事柄に関し僭越ながら申し上げれば、また別の何かがあるのです。王はじれったそうに、さっさと先を続けよと命じる。チャンダは慎重に言葉を選びながら説く。すなわち、息子をこの世の事どもに惹きつけておくために王がお膳立てした快楽の生活が、時おり食傷につながってしまうのは避けがたい、と。そんなときガウタマは、喉の渇きを癒した人間が井戸から離れるように、快楽から身を引くことになる。肉体の刺激を事とする生活に必然的に伴う嫌悪の念については、王様の哲学者たちがくり返し警告してきたところであります、とチャンダは指摘する。解決策は、チャンダの見るところ、瞑想の生活に惹かれる思いを増すことなく、肉体の愉楽の生活に王子が依存する度合を減らすことである。必要なのは中庸の道だとチャンダは考える。すなわち、適度の快楽や行動の生活。女は一晩一人か二人、毎日の格闘技と徒競走、心地よい散歩と会話、夕食には米酒か枇杷《ビワ》擬酒《モドキ》を一杯。これらで一日を埋め、余計な空き時間を作らぬよう留意すれば、存在の意味だの、人としての正しい生き方だのといった危険な問いに頭を煩わすこともなくなる。問題はこうした抑制をどうやって実行させるかです、とチャンダは言った。あらゆる面で他人にも丁重な王子ですが、自分の思いどおりに行動なさることに慣れておられますから。王はチャンダの腕に手を置く。「お前が頼りだ」。何といってもお前は王子の最愛の友であり、かつ私の忠臣なのだから、と王は言う。そうした賛辞を重荷に感じて、腕を引っ込めぬようチャンダは意志の力を働かせねばならない。

六橋林での出来事　暖かい夕暮れ近く、ガウタマはチャンダと連れ立って六橋林へ散歩に出かける。林には六つの小川が流れ、それぞれ違う色に塗った橋が一つずつ掛かっている。心の乱れを、胸の内に抱えた影をガウタマは友に語りたいが、暖かい空気に包まれ、幸福川の黄色橋を渡りはじめたいま、白い小石や赤い砂の上を水が流れていく音、柔らかな光、むき出しの肩を撫でる絹の肩掛け、突然水色の空へ飛び立つ鳥に五感はすっかり開かれていく。自分の悩みはもはや遠く、遠いもの特有の漠たるきらめきを帯びている。それに、悩みを友に打ちあけることは自分の重荷を友の背中に負わせることであり、チャンダの背中は彼自身の背ほど強くないのだ。チャンダの方にそっと目を向けると、何やら考え込んでいる様子。思えば最近、友にあまり注意を向けてこなかった。ひょっとすると、チャンダはチャンダで悩みを抱えていて、それを打ちあける機を窺っているのではないか。だがそんな思いも、闇をめぐる記憶と同じに、心をすうっと通り過ぎていく。ガウタマは世界に対して心安らかだ。友人二人は黄色橋を渡り、絡みあった枝が作る影の差す小径に入っていく。葉や草の香りが、細かい靄《もや》のように鼻孔にのぼって来る。突然、ガウタマの目の前で木の葉が一枚、枝から外れて落ちていく。彼は驚いて立ち止まる。葉はひらひらとゆっくり落ちる。いま見えていると思えるものが、ガウタマには信じられない。まるで雲が空から落ちてきたかのよう、岩が起き上がったかのようだ。子供のころのある午後、何か緑のものが枝からひらひら落ちてきたが、あれは宮廷手品師が仕掛けた悪戯だと父に言われたことをガウタマは思い起こす。そばの木々から物音がする。緑の肩章を着けた林守《はやしもり》が二人、小径に飛び出してくる。一人が腕を突き出して落下中の葉を捕らえる。もう一人が袋を差し出し、相棒がそのなかに葉を落とす。二人とも王子に深々とお辞儀し、また木々に戻っていく。すべてがあっと言う間の出来事だったので、これもまた昼の暑さが生む幻だろうか、雲もない夏の午後の眩しい眠気が生む夢だろうかとガウタマは考える。チャンダの方を見ると、友は目をそらし、小径を曲がったところにある四阿のことを話し出す。あそこへ行けば、しばらく座って六川《ろくせん》、六橋を、そして櫓《やぐら》と金の丸屋根がある遠くの宮殿を眺められますとチャンダは言う。

独りのチャンダ　独り自室に戻ったチャンダは莫蓙《ござ》の上に不動の姿勢で座り、一筋の陽光が顔と裸の胸とを暖めている。体の残りの部分は影になっていて、チャンダは思う、かように二つに分かれているのは何といまの自分に相応しいことか。内なる分裂の、外なる表われ。たしかに自分はガウタマの一番の話し相手であり、ガウタマのためなら何でもする気でいる。彼のためなら喜んで死ぬだろう。だが、自分が友を監視していて、結果を王にこっそり報告していることもまた事実なのだ。どうしてこんなことになったのか？　チャンダのガウタマへの愛情は疑いようがない。ごく幼いころからガウタマとは無二の親友だったのであり、年を経るにつれて愛はますます募ってくる一方だ。自分はガウタマのために生きていると言っても過言ではない。友の幸福に、チャンダは自分の人生の意味を見出している。ガウタマのなかで流れる感情が外へ流れ出てきてチャンダのなかに流れ込み、ゆえにチャンダはガウタマのことを裏も表もそっくり知っている。ガウタマが一瞬でも不満を感じれば、チャンダは一晩じゅう眠らずに横たわっている。なのになぜ、自分はひそかに友を観察して王に報告したりするのか？　その自問に彼は心中で答える。自分がやることはすべて友のためなのだ、王との秘密の会合もガウタマの不幸を治すことが目的なのだ。この議論に隠れた逆説はチャンダも自覚している。友への忠誠があまりに深いがゆえ、自分は忠誠のために不忠であることを是としていると論じているのだから。情熱的で極端に走ることもある性格のチャンダだが、明晰に思考する訓練も彼は受けている。不忠の行為が忠誠の行為と同じでないことは十二分に承知している。おそらくより正確なのは、王の命に応じることによって自分は忠実な臣民の務めを果たしている、という言い方だろう。つまり、より高位の忠誠に従っているのだ。だがチャンダは、友情以上に高位の忠誠など信じない。むろん、自分が生来不忠な人間だということも考えられる。堕落した人間、裏切りの友、自分の利益しか考えず人のことはどうでもいい人間。だが、時に過度の謙遜に走り、自分をとことん糾弾することもいとわぬチャンダとはいえ、自分がそういう人間だとは思えない。ならば真実は何なのか？　真実は、ひとつの秘密が彼をガウタマから隔てているということだ——友のためを思うなら決して明かすことのできぬ秘密が。この秘密は宮廷の誰もが知っている。これを王は何年も前チャンダに、二人きりの場で、沈黙を破ったら死んで償うと誓わせたのちに明かしたのだった。秘密はガウタマの誕生の時までさかのぼる。ある賢者が、ひとつの預言を口にしたのである。

賢者の涙　王子が生まれたとき、その誕生を祝うべく一人の賢者が王の宮殿を訪れた。赤児を両腕に抱いた賢者は、さめざめと恨めしげに涙を流しはじめた。恐怖にうち震えた王は、この高徳の師に、どうかお聞かせ下さい、いったいどんな恐ろしい不幸が息子に降りかかる定めなのか、と乞うた。お子様は偉人となるよう生まれついておられます、と賢者は答えた。宮殿にお住まいになれば、いつの日か全世界を支配なさるでしょう。しかしもし俗世をお捨てになり、苦行者の生を選ばれるとすれば、叡智あるお方となられるでしょう。「ではなぜ泣いておられるのです?」と王は、息子がこの世の偉大さを捨てて貧窮と瞑想の生を選ぶかもしれぬと言われたことに戦《おのの》きつつ訊ねた。「なぜなら」と賢者は答えた。「目を啓《ひら》かれた方を、わたくしが生きて拝見することは決してないからです」。そのとき以来、息子をこの世の快楽につなぎとめておこうと王は誓ったのである。

日なたの猫　チャンダと六橋林を散歩してから数日後のある午後、ガウタマは夏宮殿北東棟の中庭にある柱廊をそぞろ歩いている。ここには楽師たちの部屋がある。開いた戸口から、琵琶の弦の響き、鈴太鼓のドン、ジャランという音、木の笛が奏でる鳥の歌、法螺貝《ほらがい》の呼ぶ声が聞こえる。日は明るく暑く、若者たちが部屋でくつろいでいるのが見える。赤と緑に染めた筵《むしろ》に座ったり、長椅子に寝転がったりして、上半身は裸で肩が光っている。ガウタマも暗闇の気分、一人になって物事の意味に思いをめぐらせたいという気分はすっかり失せて、いまではそれがどんな気持ちだったかも、青い午後のただなかに思い起こす束の間のにわか雨のように漠としている。ガウタマは楽師たちに温かい情愛を感じる。ひとつにはそれは、木や貝や獣皮の切れ端を絹や黄金より美しい音に変容させる才を彼らが持っているからだが、それよりもまず、彼らがそれぞれ独り身だからである。その独り身の者たちが、時おり独り身たることを捨てて一緒になり、小型の王国を造る。暖かい日蔭の柱廊で、眠たい充足感が広がるのを、日なたと日蔭が迎え入れてくれるのをガウタマは感じる。仕切り布が引かれた戸口、指の上で明るくなったり暗くなったりする宝石、青空に浮かぶ白鳥の雲、緑の草に敷かれた小石の径、自分の裸足の足が大理石の通路をそっと打つ音。柱廊が中庭の形に沿って折れるとともにガウタマも左に折れる。ここではちょうど陽の照り具合で、日蔭の面と日なたの面から成る快い模様が柱の表面に出来て、父の宮殿の廊下に描かれた壁画を思わせる。柱の下の日なたで、白い猫が一匹居眠りしているのが見える。背中が美しい曲線を描き、頭が優雅に後ろ足に折れ込み、尻尾が脇腹のうしろの方を横切って完璧な輪を作っている。ガウタマが近づいていくと、白い輪が解けていく。猫は伸びをする。前足が前に伸びて、後ろ足が後ろにぐんぐん伸びて、体全体がぶるっと気持ちよさそうに震える。それから猫はさっと足を引っ込め、一本の前足を顔に当て、じっと動かなくなる。ガウタマは歩きつづけるが、もはや心はくつろいでいない。自分はあの猫ではないのか？　快楽の日なたに包まれて体を伸ばす。日々の満足に包まれて体を丸める。日なたに寝そべって眠る。そして目覚めたら？　琵琶の弦、鈴太鼓のジャラジャラ鳴る円板がさっきよりやかましくなった気がする。小刀が石をこするようにそれらは彼の神経を逆撫《さかな》でする。忙しない思いでガウタマは中庭を横切り、涼しい廊下に入り、小径に歩み出る。

二羽の白鳥　土壁に設けられた、上が半円になっている出入口を通って、王子は独想湖に通じる小さな森に入っていく。湖のほとりの、高い合歓木《ネムノキ》が日蔭を作る草地に座る。白、赤、青の蓮のあいだを白鳥たちが滑っていく。白鳥たちの下を別の白鳥たち、彼が子供のころから愛してきたさかさまの白鳥たちが滑っていく。向こう側の岸近くに鶴が二羽立っている。平静が降り立つのをガウタマは待つ。

周りはすべて平静だ。合歓木の花、白鳥たちの下の白鳥たち、二羽の鶴、滑らかな水。そのすべてが、上が半円になった戸口から彼が入ってきたのと同じ確かさで彼のなかに入ってきて平静をもたらしてくれるだろう。合歓木の下で彼はあぐらをかき、両の手のひらを膝に載せて待つ。太陽が空を横切るが、平静は訪れない。それはそこに、彼の外に、彼の周りじゅうにある、だが彼自身は安らがない。彼は粘り強く湖のほとりに座りつづける。ここへ来たのは間違いだったのか？　自分は何を探しているのか？　そばで白鳥が一羽、飛び立とうとするかのように翼を持ち上げるが、飛び立たない。翼が垂れて、水を揺する。その白鳥の下で、もう一羽の白鳥が崩れる。ガウタマは思う、自分はあの飛ばない白鳥だ。彼は思う、自分はあの白鳥の下の、暗い水のなかの白鳥だ。空気は動かない。白鳥の上の白鳥と、白鳥の下の白鳥とが滑るようにして近づいてくる。合歓木の影で暗い橙色に染まった二つの嘴《くちばし》と、蜂のごとく黒い硝子《ガラス》のような目が見える。二重の白鳥は近づくにつれだんだん大きく、だんだん白鳥自身になっていき、やがて彼の目の前で翼をぴんと伸ばして身をもたげる。濡れた羽の匂いを、ガウタマは汗のように嗅ぐことができる。四つの翼はどんどん広がっていって、やがて湖の両端に触れる。それは白鳥の神、白鳥の怪物であり、羽が彼の口と目のなかに流れ込んでくる、彼は息ができない、四方から出てくる声で白鳥は「お前は人生を無駄にしている」と言う。ガウタマはぎゅっと目を閉じ、背中を木に押しつける。一瞬置いて、目を開ける。前方には夏の午後の平静な湖が見える。蓮のあいだで白鳥が白鳥の上を滑っていく。

ヤショーダラーの哀しみ　三宮殿じゅうでその美しさが知られるガウタマの正妻ヤショーダラーは、

夫が側妻たちのあいだをさまようから不幸なのではない。側妻たちが、踊り子たちと同じく、息子を楽しませようとシュッドーダナ王が用意したものであることは彼女も十分承知している。彼女自身、愛の八十四の秘儀には琵琶演奏や天文学と同じくらい長けていて、自分が夫に与える性的快楽への自負は揺るがない。夫を喜ばせるため、時には唇に赤い紫鉱《しこう》顔料を塗り、白檀《ビャクダン》を挽いた粉で作った化粧水を体に擦り込み、髪の分け目に宝石を飾る。また時に、不老池から歩み出てくる彼女の髪は黒い陽光のごとく光り、腰は川のように輝き、己の力が王子を引き寄せていることを彼女は実感する。あるいはまた、夫が独りになれる場所を求め誰とも口を利かないときに彼女は不幸になるのではない。ヤショーダラーは決して寂しくない。侍女や友人たちに囲まれ、幼い息子は可愛いし、三宮殿の暮しは大好きだ。音楽や踊り、旅回り役者の一座、盛大な饗宴、運動競技、彼女に正しい話し方や正しい振舞いや天体の本質を講釈してくれる教師や学者との庭園散歩。彼女自身も時には、独りになって黙っていたいという欲求に駆られ、愉楽の人生をしばし離れて自分の本性の宿る内なる部屋に籠もりたいと欲することがあるから、ガウタマが時に、独りで自分の思いと向きあうために宮廷の世界を、さらには自分の妻さえも放棄せずにいられないことも理解できる。こうしたことのどれひとつ、彼女を不幸にはしない。そうではない。誰よりも幸福な女ヤショーダラーが不幸なのは、彼女がいつにも増して幸福であるときだけだ。愛する夫とともに横たわり、彼女の頬を優しく撫でる夫の目を覗き込んで、そのまなざしのなかに影を見るとき。それはここにいないことの影、ここではない場所の影だ。二人で手をつないで幸福園を歩いているとき彼女は夫のなかにそれを感じ、優しく彼女の顔に手をのばしながらも夫がそこにいないとき彼女は夫のなかにそれを感じる。夫はそこにいるのに、そこにいない。彼女は夫の笑いにそれを聞き、夫の美しい肩の曲線にそれを見る。夫が彼女の目に見入って「愛しているよ」とささやくとき、その言葉の奥深くに、独り闇に在る者の叫びを彼女は聞く。これがヤショーダラーの哀しみである。

チャンダの計画　独想湖を囲む土壁に設けられた扉の向こうに友が入っていき、扉が閉まるのを見ていたチャンダの胸に、ふとひとつの像が浮かぶ。それは泣いている若い女の姿だ。この絵の意味は理解できないものの、覚えのある胸騒ぎをチャンダは感じる。なぜなら彼にあっては、新しい発想はいつもそうやって訪れるのだ――徐々に理解できていく絵として。夏宮殿に彼は戻り、地下の通路に降りていって、馭者を呼び寄せ、王の宮殿に行くよう命じる。シュッドーダナ王は森へ狩りに出かけており、チャンダは忍苦廊の、柱に囲まれた奥まりで待たねばならない。この場所の、牙に剣を縛りつけられた戦《いくさ》用の象の絵の下で、頭のなかの絵の意味がチャンダに見えてくる。その日の後刻、王と並んで謁見廊を歩きながら、チャンダは計画を明かす。王子の頻繁な引きこもり、独りでいたいという渇望、その鬱屈、その満ち足りぬ思い。これはみな、この世の愉楽が新味を失ってきているしるしではありませんか？　むろんそれは、少しも新しい話ではありません。この手のことは、いままで王様ともさんざんお話ししてまいりました。新しいのは、満ち足りぬ思いの烈《はげ》しさ、内なる危機が迫ってきている感触です。これまで、対策はいつも、前々からの愉楽をさらに高め、あわせて新しい愉楽を導入することでした。熟練の宦官《かんがん》たちに二十四禁愛秘儀を教え込まれた若い側妻たちしかり、宮殿の新棟に最近建てた影人形館しかりです、とチャンダはふり返る。そして結果はいつも同じです。わが友は、しばし愉楽の世界に引き戻されますが、結局また嫌悪の念が湧いてきて、いっそう激しく背を向けてしまうのです。チャンダの新しい計画は、愉楽の挫折それ自体を、王子を世俗の世界につなぎとめておくための戦略として組み込んでいる。別の手段でガウタマの心を惹くことを私は提案します、とチャンダは言う。ほかならぬ愉楽の欠如によって、言い換えれば、不幸の魅惑によって。危険なやり方ではあります、とチャンダは認める。何と言っても、三宮殿での生活からは、不幸のあらゆる徴候が徹底的に排除されている。側妻が落とした一滴の涙は追放によって罰せられる。転んで腕を折って笑顔を維持できぬ侍従は即座に王子のお供から外される。人も、馬も、孔雀も決して死なない。みんなただ消えるだけだ。ガウタマは痛みのない世界、苦しみのない世界を歩んでいるのである。だからこそ、もしもっぱら悲しみを旨として設けられた場所があったら、王子は憂いに浸り、ほかの男たちが紗のあいだを巧みに動く側妻の腰に惹かれるごとくにその魅惑に惹かれるのではないか。世の誰にも増して天資《てんし》英明《えいめい》なる王様が可能性を考慮して下さ――だが王はじれったそうに片手を振って許可を与える。息子の状態に関し絶望が募ってくるなか、自らの不幸も増していることを王は告白する。つい昨夜も、新しい踊り子を三度目に楽しんでいる最中、ふと気がつくと、独り四阿の壁の向こうに閉じこもっている息子のことを考えていた。快楽の道に長けた娘は、十分な快楽を与え損ねたゆえに罰せられるのではと、恐怖の念もあらわに王を見た。王は娘を宥《なだ》め、自分の寝室に戻った。このチャンダの謎めいた療法、ひょっとしたら二人の人間を治してくれるのではないか。

家族の散歩　妻子と一緒に小石を敷いた径を散歩しながら、この瞬間は息子の記憶に残るのだろうかとガウタマは考える。三人で一緒に歩く朝、桃色の小石が光を捉え、父と母と息子の影が前方に差し、あたかも三つの存在がひとつの動く肉体であるかのように一緒に流れている。彼らの足が小径を踏んでそれぞれ違った音を立て、白い絹の日傘が母の顔を隠すが、時おりそれがするっと滑って艶やかなほつれ髪と深紅の針槐《ハリエンジュ》の花があらわになる。ガウタマは誇らしい思いで息子ラーフラを見る。黒い知的な瞳、磨かれた石のような頰骨、耳から垂れている紅玉《こうぎょく》を彼はほれぼれと眺める。ガウタマはもう五日も息子の顔を見ていなかった自分を責める。この小径で、自分が父であることをガウタマは実感する。妻の方を向いて、優しい思いで彼女を見る。妻はあとずさりし、目を伏せる。ガウタマはギョッとして、どうかしたのかと問う。「いいえ、何も」と妻は答える。「ただ貴方《あなた》が、まるで別れを告げるような目で私をご覧になったものですから」

欄干から　夏宮殿の北西棟二階の欄干に王子は両手をついて立ち、星形の花壇と、白鳥と小さな象をかたどった装飾用の果物の木がある広々とした庭園を見ている。庭園の向こう端は低い塀になっていて、壁の向こうで、行列がゆっくり、愉楽林の方に向かって進んでいる。頭を華やかな赤い縞に塗られた象たちが見え、足を高く弾ませて進む白馬に引かれた戦車、軛《くびき》を付けられた雄羊に引かれ黄・赤・青に塗った柏槙の格子が積まれた二輪荷車が見える。ガウタマは父に、行列のあとを馬で追わない、そもそも行列について何も訊かないと約束させられている。行列の使命は秘密であって、いずれ明かされるというのだ。子供みたいに扱われていささか腹立たしくもあるが、反面ひどく嬉しくもある。前々から秘密は大好きだ。秘密がもたらしてくれる興奮、いまにも何かがあらわになるという感覚が好きなのだ。子供のころのある日、父から渡された贈り物が、彫った虎の並ぶ縁飾りがついた小さな象牙の箱に隠されていたことを彼は思い出す。あの日、長いこと両手で箱を持っているあいだ、いくつもの顔が彼を見下ろし、いくつもの声が蓋をずらして開けるよう促した。あそこに積まれた格子は、きっと何か大きな囲いを作るのに使うのだろう。二つの大きな車輪がついた、職人用の荷車が何台か、陽を浴びてきらめく磨き込まれた長い柱を運んでいる。荷車のかたわらを、上半身裸の若い人夫たちが歩いている。愉楽林へ行く道はほかにいくらでもある。自分の興味が意図的に掻き立てられていることをガウタマは意識する。もうひとつ意識しているのは、父、チャンダ、ヤショーダラーが彼をめぐって本気で心配しはじめているということ。三人ともたえず横目で彼の方を盗み見て、不安混じりの質問をこらえ、心中彼のことをこねくり回している。彼らの悩める沈黙が、手にとるようにガウタマには感じられる。三人の気遣いに、興味すら湧いてくる。彼らはそもそも心配すべきなのか？　そしていま彼らは、秘密を抱えた行列でもって、ガウタマを殻の外へ引きずり出そうとしている。彼の気をそらそう、彼の注意を惹こうとしている。そして彼も、三人の企てが上手く行くとしたらそれはそれで嬉しいのだ。時おりガウタマは退屈する。何もかもに退屈する。それはどうやって埋めたらいいのかわからない空虚だ。そんなときは、内なる影まで彼を退屈させる。空は退屈だし、大地は退屈だし、大地に生えた草の一本一本が退屈だし、あの二輪の荷車は退屈、自分の退屈は退屈、自分の退屈は退屈という自覚も退屈。黄玉《おうぎょく》と翠玉《すいぎょく》で飾った象の上に座った王の番兵を見ていると、あの象牙の箱の蓋をすっとずらして開けたときのことを思い出す。だが、象牙の蓋に触れた自分の指は見えるし、並んでいる彫られた虎も、見下ろしている人々の顔も見えるのに、なぜか中に何が入っていたかガウタマには思い出せない。

黄色橋に近づく　何日かあと、ガウタマは六橋林のなかの小径を歩いている。彼は独りである。少し先に黄色橋が見え、先日のチャンダとの散歩を思い起こしてガウタマは落着かない気分になる。意図的にチャンダを避けていると自分を責めたりはしないが、前のように進んで友を求めていないこともまた確かだ。この隔たりはガウタマを戸惑わせる。二人のあいだに流れる深い友情、烈しいほどの近しさ、血よりも濃い親密さ、胸の奥を打ちあけて過ごした思春期の長い夜。そうしたすべてがガウタマにとって疎《うと》ましく思えるようになったのだ。並んで歩いても、チャンダは不安げにちらちらこっちを見て、何か徴候は見えぬかと食い入るように見張り、欄干から身を乗り出しすぎている子供を見るような目で眺めている。そういうチャンダと一緒に歩くのは気が進まない。時おり、非難だか告白だかを匂わせているようにも聞こえる、謎めいた質問もどきの言葉をチャンダは口走る。こういう事態に至った責任が自分にもあることはガウタマも理解している。このごろ自分のなかに、一種内なる隠蔽があることは自覚している。それが友の気遣わしげな穿鑿《せんさく》を誘発し、さらには傷つけられた気持さえ招くのも無理はない。何といっても、この曖昧模糊とした悩みを抱えたいま、チャンダでなければ誰に頼るというのか？　だがチャンダの切迫した心配は、張りつめた表情と謎のような発言だけにとどまらない。そうした表情の下に、何かもっと深い動揺があるのがガウタマには感じられるのだ。チャンダが彼から何かを隠している、などということはあるだろうか？　最近何度か、誰かが陰から見張っているような奇妙な感触を覚えた。この見えざる見張人がチャンダではないかという想像をガウタマは追い払えない。黄色橋に足を載せるとともに、ガウタマはさっと小径の方を振り返る。己を蔑む思い、自責の念とともに橋に視線を戻し、澄んだ水を見下ろすと、白い小石と赤い砂が見える。

白いゆらめき　六橋林の小径を歩くチャンダは、滑らかに均《なら》した土が裸足の足を押してくるのを感じる。あまりに静かに歩いているので、自分の足が小径に触れる音すらしない。時おり彼は立ち止まる。体には力が入っていて、五感も覚醒している。時おり彼は歩みを速める。藍色橋を渡って、一方が雁《ガン》のいる池に、もう一方が花咲く針槐の木に接した小径を進んでいく。時おり、小径が曲がると、白いゆらめきが見えて、また消える。そしていま小径が曲がる。チャンダは曲線に沿って歩き、止まる。あまりに完全に、ぴたっと止まるので、まるで閉じた扉に行きあたったかのようだ。彼は息もしない。まっすぐ前、黄色橋の上に、眩い白の腰衣《ドーティ》に肩掛けという姿のガウタマが立ち、幸福川を見下ろしている。チャンダはゆっくり音もなくあとずさる。小径が曲がって、木々が王子の姿を覆い、消し去るのを彼は見守る。

梯子　ガウタマは黄色橋を渡り、枝が天幕を作る日蔭の小径をそぞろ歩く。小川の小石になれたら！小川の小石になった自分を彼は想像する。冷たく、白く、丸く、硬く、じっと動かない。そう考えると心が平静になる。小川の底の、不満を抱く小石になることは可能だろうかと彼は自問する。小川の底で暗い思いを抱く小石を彼は想像する。小径が右に曲がるなか、私の頭は馬鹿げている、と彼は考える。私は馬鹿げている。径を曲がりきると、前方に細長い梯子が立てかけられ、その先端が無憂樹の枝のなかに入っているのが見える。梯子のてっぺん近くに、痩せこけた男がのぼっていて、顔は深緑の葉と淡い橙色の花になかば隠れている。男は頭上の枝に生えた一枚の葉に触れているように見える。両膝の左右、梯子の段から木の籠が下がっている。男は枝から葉をもぎ取り、一方の籠のなかに落とし、もう一方の籠から別の葉を取り出す。男は針と糸を使って、一枚目の葉が垂れていた場所にこの葉を丹念に縫いつけにかかる。ガウタマが梯子に寄っていって立ち止まって見物しても、男は下を見もしない。

先へ進むチャンダ　黄色橋の真ん中でチャンダはしばし立ち止まり、澄んだ水の流れを見下ろす。澱みなく流れる川、白い小石、赤い砂しか見えないのに、何がガウタマの気を惹いていたのだろう。きっと友には自分には見えない何かが見えるのだろうが、その何かは川の底に埋もれている。チャンダは橋を渡り、枝が絡みあって作る天幕の下にのびている、日なたと日蔭の混じりあった小径を行く。ゆっくり歩いて、滑らかに均した土に裸足の足裏が当たる音が聞こえないかと耳を澄ますが、聞こえるのは鳥の歌だけだ。チャンダはきわめて静かに歩くよう鍛錬を積んでいるので、地面をつついている鳥の方にそっとかがみ込んで鳥を両手ですくい上げることもできる。歩きながらさっとうしろを振り返るが、誰もいない。王が誰かに自分を尾行させている、などと想像するのは愚かだろうか？　王が尾行させているのは王自身の息子ではないか。前方、小径が曲がって先が見えなくなるところから、鳥の歌に混じって、遠くの荷車のかたかたという音が聞こえる。径の曲がりに沿ってチャンダは進み、いきなり立ち止まる。ガウタマが梯子のかたわらに立って、じっと見上げているのだ。チャンダはすばやくあたりを見回し、木立のなかに入っていく。荷車の音が大きくなる。

葉匠　少しして二輪の荷車が視界に入ってくる。上半身裸の若者が引いていて、若者の膝まである白い腰布には緑の葉の模様が入っている。荷車には緑があまりに艶やかなので濡れているように見える葉がどっさり載っている。王子を見て若者はひざまずき、額を地面に押しつける。ガウタマは彼に立ち上がるよう言う。若者は梯子のてっぺんに上がった男を指さし、自分は葉匠《はだくみ》の弟子であり、匠は林守頭に命じられて絹の葉を作り六橋林のなかで落ちる危険のある葉をすべて取り替えるよう命じられたのです、と説明する。葉が一枚落ちたという報告が届き、大きな動揺が生じております。それでいま、葉匠が木を一本一本回って点検し、弱ったり傷んだりしている葉を丈夫な絹の葉に取り替えているのです。一日で何枚取り替えるのかとガウタマは訊ねる。正確な数はわかりかねますが、今日の午後に絹の葉を荷車でこの林に届けたのはこれが三度目ですと弟子は答える。梯子のてっぺんにいた葉匠は、集中していた忘我状態から醒めて、下を見る。梯子のかたわらに立っているのが誰だか気づくと、匠は体を横向きにひねり、低く、きわめて低くお辞儀をし、あまりに低く身を曲げるものだから一瞬梯子から落ちてガウタマの足下に墜落するのではと思えてしまう。丸めた体を匠はゆっくり元に戻し、仕事を再開する。

ガウタマの膝　六橋林の散歩から帰ったガウタマは、自分の寝室に入り、床の敷物に座る。成果のない午後だった。あとをつけられていることは確信できるのだが、林をそぞろ歩く自分のあとを誰であれつけたがる理由が彼にはわからない。彼にはわからないことがたくさんある。なぜ葉が木から落ちるのかわからない。なぜ自分が人間であって、小川の小石でないのかわからない。なぜ自分が不幸なのかわからない。自分にひとつでもわかっていることがあるだろうか？　ガウタマは自分の左膝を見る。自分には何がわかっているか？　何もわかっていない。自分に膝があることすらわかっているのか？　自分に膝があるかないか、人間ならわかるはずだ。なぜ自分に膝があるとわかると思うのか、ガウタマは自問してみる。自分に膝があるとわかるのは、特定の形と色が見えるからだと彼は考える。でももし、目が彼を欺いているとしたら？　眠っているとしたら？　目を閉じて、膝を想像するとしてみよう。その膝は現実か？　外なる膝は内なる膝以上に現実か？　目を開けると、想像の膝は消える。目がいま開いているように開いているとき、それでもまだ目覚めていないという可能性はあるだろうか？　もし目覚めたら？　寝室の中は暖かい。右の眉がわずかにひきつる。

寂寥島　紅と白の花で飾った何台もの二輪馬車、真珠の首飾りをまとった王の象たち、投げ槍を持った兵士たち、儀礼用の剣を持った番兵たち、宮廷人、友人、楽師、踊り子、投げ物芸人等々に伴われたガウタマは、チャンダと並んで王子用の二輪馬車に乗って立ち、秘密の場所が見えるところまで来る。めざましい高さの格子塀は象の背丈の三倍ある。上が半円の戸口に達すると彼は横を向き、チャンダを抱擁し、陽を浴びて輝く絹と剣に視線を戻す。馬車から降りる。番兵が扉を開け、ガウタマが中に入るとふたたび閉じる。中は薄暗い。黒い葉をつけた黒い木々が、白い小径の両側にそびえている。巨大な格子の囲いの、覆いの掛かったてっぺんから、球形の提灯《ちょうちん》がいくつも、小さな月のように垂れている。球形の光が幹や枝を照らし、幹や枝はまるで、石の塊を木々の形にこねて黒い漆で仕上げたみたいに見える。頭上はるか、鳥たちが梢で哀しげに鳴いている。あれは彫った鳥なのか、作りものの鳥が作りものの闇のなかにいるのか？　丸い提灯の光、陰気な石の木、物憂げな鳥たちがガウタマの胸を揺さぶり、眠気交じりの漠たるときめきをもたらす。小径をたどって行くと、黒鳥たちが水面を滑る暗い湖に出る。黒鳥たちの下に別の黒鳥たちが、動かぬ水のなかで夢見ているのが見える。湖の真ん中に島が見える。一羽の黒鳥が漂うように近づいてくると、それが黒鳥の形をした小舟であることにガウタマは気づく。小舟黒鳥の下でもう一羽の小舟黒鳥がわずかに震える。黒い衣を着た船頭が、乗り込むよう彼に合図する。柔らかい座布団にガウタマが身を沈めるとともに、黒い櫂《かい》が翼のように上下に動く。

日ざしを浴びたチャンダ　二輪馬車に戻り、眩しい日ざしを浴びて手綱を持って立つチャンダは、職人たちの彫った、哀しげな鳥の声を出すからくりを装備した六百羽の鳥をとりわけ快く思い起こす。もし自分が創るものが、あの鳥たちくらい上手く行くなら、三つのことが起きるだろう。すなわち、友は幸福を手にし、王は感謝し、三宮殿の生活は邪魔もなくいつまでも続いていくだろう。チャンダは自分のむき出しの胸に日ざしを感じ、暖かなそよ風を肩に感じる。彼は深く息を吸う。生の息吹が自分のなかで、内なる太陽のように火照《ほて》るのが感じられる。鼻孔のなかに緑のぴりっとした匂いが、腕の先に手綱の引きが感じられる。生きる、息をする、友人たちに囲まれて笑う！　チャンダは日なたで、訳もなく声を上げて笑う。

黒い園亭　囲い込まれた空間の薄闇のなか、船頭は黒鳥を島の岸まで漕いでいく。黒鳥の頭部の下でもう一人の漕ぎ手が櫂を引き揚げる。王子は黒鳥の本体から白い砂に降り立つ。月のごとき球体の下で砂がほのかに光る。目の前に朽ちかけた柱が五、六本見え、どうやら宮殿の中庭で残っているのはこれだけらしい。朽ちかけた柱などというものを王子はいままで見たことがなく、そのあいだを通り過ぎながら、優しい、甘美な痛みが胸を満たしていく。奇妙な柱の列を過ぎると、高い柏槇の塀の前に出る。戸口に黒い絹の仕切り布が掛かっていて、その向こうから笛の柔らかで暗い音《ね》が聞こえる。ガウタマは仕切り布を横に引き、高い木々に囲まれた空地に入っていく。その真ん中に、大きな黒い園亭が建っていて、入口の上にのびた天幕は柱に支えられている。亭内から聞こえる笛の調べが、くり返し高くなってはゆっくり低くなる。調べにはガウタマが聞いたこともない音が伴っていて、それが彼に、木の葉むらを吹き抜ける風や、遠い泉の水を思い起こさせる。ガウタマは静かに、あたかもささやき声に引き寄せられるかのように前へ出る。園亭のなかに彼は入る。透けた黒い絹を着た若い女たちが、顔を横に向けて気だるげに長椅子の上に寝そべっている。床の座布団に、うなだれて膝に頬杖をついて座っている女もいる。またある女は、肩を落としてのろのろ歩いている。女たちはみな深く息を吸っては、長いため息を吐き出している。ため息同士が混ざりあって、哀調を帯びた微風の音を作り出す。黒い宝石が首や手首を飾っている。髪に挿した黒い花が震える。ため息に混じって、別の柔らかな音がガウタマには聞こえる。鼻でヒクッと息を吸い込む音、喉から吐き出す小さな音。何だろう？　ガウタマはゆっくりと、提灯に照らされた闇に入っていく。どこかから執拗な笛の音が大きくなってはまた小さくなるのが聞こえる。一人の若い、まだ娘という感じの女が、座布団を並べた上に横向きに寝ている。その大きな、まばたきもしない目で、彼女は何も見ていない。体は座布団になかば埋もれ、頬はぴんとのびた腕の上に載っていて、上向きに反った腰の上に片方の手首が物憂げに載っている。ガウタマが近づいていくと、女の目がゆらめきはじめるのを見て彼は驚いてしまう。水が幾筋もその顔を流れている。ガウタマは胸が温かくなるのを感じる。優しい戸惑いに襲われながら、彼は女のかたわらに両膝をつき、両手でその力ない手を握る。

報告を受けるチャンダ　特別に訓練を受けた見張人が二日二晩、近くの森に隠れて、格子塀の、上が半円の戸口を観察し、万事異状ありませんとチャンダに報告する。三日目の朝に、依然王子様は気配もありませんと使者が伝えると、チャンダはもはや喜びを抑えられない。ガウタマはあの囲いのなかにとどまることを選んだのだ。物憂い光、憂愁湖、寂寥《せきりょう》島、哀婦亭に王子は引き込まれたのだ。五日目に至り、チャンダは王を訪ね、宝石がぎっしり詰まった銀の箱を王から褒美に賜《たまわ》る。七日目、チャンダは胸にかすかな不安を感じとる。計画は単に上手く行っているというだけではない。ものすごく上手く行っているのだ、およそ夢にも思っていなかったほどに。そしてチャンダは、人生は夢より上手く行く習慣を持たないことを知っている。落着け、と彼は自らに言い聞かせる。ガウタマが憂鬱な情景を追い求め、涙とため息の暗い快楽に消えていったことは、まさにチャンダが予見したとおりである。彼の過ちは、ガウタマの欲求の烈しさを低く見積もったことだ。九日目が終わるころには、もはやチャンダは眠れない。王子の身に何があったのか？　チャンダは見張人たちに命じ、王に雇われている小舟の船頭を通して問い合わせるよう指示する。不安な思いでチャンダは報告を待つ。悲しみにあまりに深く呪縛されたがゆえに、ガウタマがもはや太陽の快楽に焦がれなくなった可能性もある。また、病気になって、帰ってくる元気がないということも等しくありうる。だがガウタマは生まれてこのかた風邪ひとつひいたことがないし、おそろしく不摂生な夜を何晩も過ごして、たいていの男だったら困憊《こんぱい》しきってよたよたになるようなときでも疲れの気配すら見せない。何かほかの理由があるのだろうか？　哀婦亭の女たちの人選は、チャンダ自身と、王のもっとも忠実な助言者の一人が行なったわけだが、あの女たちは全面的に信頼できるだろうか？　王子は危険にさらされているのか？　不安に満ちた黙想にすっかり浸っていたせいで、夜番見張人三名のうちの一人が部屋の戸口に辛抱強く立っていることに気づいてチャンダはハッとする。

夜番見張人の話　チャンダは彼を招き入れる。話は迅速に語られる。見張人はたったいま小舟の船頭との面談から帰ってきたところである。船頭は命じられて哀婦亭へ様子を見に行った。女たちは船頭に、王子様は私たちの許に二度の目覚めと二度の眠りのあいだとどまられましたと報告する。時のない闇のなか、王子は彼女たちに優しく声をかけ、彼女たちの涙を拭ってくれた。三度目の目覚めで、からくりの鳥たちが歌い出すと、王子がもはやそこにいないことに彼女たちは気づいた。王子は神のように消えたのだ。湖は広く、塀は高く格子屋根に覆われている。ガウタマはどこにいるのか？　島から漕ぎ去るなか、これまでは悲哀の役割を演じていた女たちがいまや本気で泣いているのを船頭は聞きました……だがチャンダはもはや報告を聴いていない。彼は自分の手を、震え出した手を見ている。彼はいままで震える手を見たことがない。だからいまその手におそろしく興味を惹かれるあまり、ふと顔を上げると、夜番見張人がまだ彼を見下ろすように立って命令を待っているのが目に入り、チャンダはまごついてしまう。

チャンダの調査　木の白鳥からチャンダは降りて、ここで待てと船頭に指示し、月に白く照らされた砂を進んでいき、荒れはてた中庭を抜け、黒い絹が掛かった柏槇の塀にたどり着く。仕切り布を通って、空地に出て、哀婦亭に近づいていくなか、張り上げた声がいくつも聞こえる。中に入ると、見苦しい情景が目に飛び込んでくる。女たちがあちこちで言い争い、どなり合い、腕を振り回している。独りぽつんと拗《す》ねた顔で座っている女もいる。みな絹はくしゃくしゃ、顔は汚れ、髪も乱れている。チャンダが入ってくるといっせいに静かになる。彼は女たちを問いつめるが、答えはみな同じだ。王子様は消えたんです、神のように。王子の親切さを彼女らは語り、目の優しさ、声の温かさを語る。この女たちから知れることは何ひとつない。チャンダは亭から出ていき、木立を通って湖畔に出る。足早に島をぐるっと回る。ガウタマが泳いで向こう岸へ行った可能性はあるが、出ていく扉はひとつだけであり、その扉は鍛錬を積んだ見張人が昼三人、夜三人絶えず見張っているのだ。色を塗った白鳥に乗って帰っていきながら、チャンダはさまざまな筋書きを検討する。ガウタマをだますよう指示された女たちが、今度はチャンダをだましている。逃亡の秘密を明かさぬよう王子が彼女たちに約束させた。女たちは本当のことを言っていて、チャンダをだましているのは船頭だということもありうる。厳めしい顔の船頭がガウタマを乗せてひそかに湖の向こう岸まで漕いでいき、格子塀の扉を開けて、隠れた見張人たちの目を狡猾にそらすなか、誰にも見られることなく王子がこっそり去っていく。もしも娘たちも船頭も本当のことを言っているなら、夜番見張人のうちの一人、あるいは二人、あるいは全員が王子に忠誠心を抱くに至り、どうやってだか彼の失踪のお膳立てをしたのか。もし全員が信用できるのだとすれば、ガウタマの失踪は何とも不穏な由々しい謎にほかならない。ひょっとすると、憂愁湖の底に横たわっていないとも限らない。夏宮殿でチャンダは番兵、戦士、不老庭係員を千人集める。うち四百人を四百亭に送り出す。二百人を二百湖池に、三百人を宮殿の森と野に、五十人を五十園に、五十人を寂寥島に送る。自室でチャンダは落着かぬ思いで待つ。ただちに王の宮殿へ行って報告するのが自分の義務だ、とわかってはいるのだが、捜索が進行中に一瞬でも自分がいなくなるのも無責任だろう。この一見立派な責任感が、息子の失踪という凶報を王から隠しておきたいという欲求でしかないことも、この上なく明晰にチャンダは理解している。チャンダは中庭をそわそわ歩く。部屋に戻る。衣装箱と、向かいの壁に掛かっている琵琶のあいだを行ったり来たりする。横になって片腕で目を覆う。起き上がり、また横になる。日暮れどきに召使いが戸口に現われる。静悦亭の管理人の一人が、門が軋《きし》むのを聞いた気がすると言っていると召使いは報告する。召使い自身、亭を徹底的に捜索してきたところだが何も見つからなかったという。この報告の意味に集中しようと、チャンダは束の間目を伏せるが、また苛立たしげに顔を上げる。召使いのうしろ、戸口にガウタマが立っている。「忙しいなら……」とガウタマが口を開く。召使いが驚いてふり向く。チャンダは友を抱擁しようと立ち上がる。

ガウタマ語る　召使いが去ると、ガウタマは茣蓙《ござ》の上にあぐらをかいて座り、囲い込まれた悲哀苑の素晴らしさを友に感謝しながら語りはじめる。チャンダの創意はいたるところで目についた、とガウタマは言う。黒い葉のついた石の木々、小さな月のように垂れている球形の提灯、優雅な小舟黒鳥、快く配置された悲しみのなかに据えられた女たち。そして彼の心は揺すぶられた。友の心尽くしにだけでなく、女たちにも。どうやら彼女らは役割を演じているようであり、演劇は彼も好きだからそれはそれで好ましい。だがじきに、悲嘆の姿勢を採ることで彼女らの心に埋もれていた本物の悲しみが解き放たれているように思えてきた。自らも己のうちに闇を抱えた人間として、ガウタマは彼女たちに、人生のさまざまな戸惑いについて、陽光から生まれる影について語った。結果は奇妙だった。巧みな演技だった涙はやがて情熱の涙に変わり、それが頬を伝って流れ、若き胸に――あまりに完璧な形なので彫刻の匠の作品のように見える若き胸に――貼りつく透けた紗《うすぎぬ》を濡らした。娘から娘へと彼は渡って歩き、やがて館じゅうが大いなる悲嘆の場となり、すすり泣きとうめきから成る楽曲と化した。自ら呼び寄せた涙を、王子は自ら慰めて引かせた。二日目の夜にはもう娘たちは落着いていたし、そもそも彼女たちの悲嘆は、本心からのものではあれ、さほど深いものではなかった。一時《ひととき》の悲しみの下には、若々しい幸福の巨大な国土が広がっているのだ。為すべきことを終えて、ガウタマは二晩目の夜中に去った。女たちはみな安らかに眠っていて、その額は滑らかで子供のようだった。船頭は彼の動向を報告するよう命令を受けているかもしれないと思い、ガウタマは島の反対側の岸へ行った。湖は広く水は深かったが、シュッドーダナ王の息子は泳ぎに長けていた。絹を脱いで、頭布《ずきん》のように頭に巻きつけ、向こう岸へ泳いでいった。小径があって、頑丈な格子塀に通じていた。絹の頭布以外は裸の姿で、すばやく塀をよじのぼった。囲いじゅうどこも、絡みあった蔦に覆われた巨大な格子屋根が、樹木に見せかけた柏槇の柱に支えられていた。屋根のひさしが突き出し、格子塀のてっぺんにある短い縦杭と縦杭のあいだに横板が渡されていた。ガウタマは蔦に覆われた屋根の縁を押し上げ、塀の上を越えてから、屋根を元に戻した。格子のすきまに足指を掛けつつ塀の外側を下りていった。地面に降り立つと絹の頭布を頭から外した。外したものを身に着け、見慣れた小径を歩いていった。頭上の月は完璧に丸く、その白さがあまりに明るいので、あれも匠の弟子が天から吊した人工の月なんだろうかと考えた。小径を何度も曲がり、よく知った森や林を抜けて、やがて静悦亭に着いた。七日七晩、噴水のかたわら、赤い花を咲かせた花没薬樹《ハナモツヤクノキ》の下に座っていた。七日七晩、自分の人生をじっくり考えてみた。八日目の朝、立ち上がって友に会いに行こうと、己の冒険を物語って決断を伝えようと出ていった。だがなぜチャンダは心配そうな顔をしているのか？　ガウタマの心が読めるのか？

父と子

謁見廊でシュッドーダナ王は、時が来たという息子の説明を、愕然とした思いで、しかし注意深く聴く。三宮殿の世界を去って、広い世界でわが道を求める時が来た、と言うのだ。ガウタマが求める道は内なる道である。ここ父の世界で、すでにそれを束の間見はした、直観的に捉えはした、だがここではこの上ない快楽をもたらす物たちにたえず気をそらされてしまう。それにまた、いまの自分は、まさに自分がひたすら幸福を願っている人たちに不幸をもたらしている――父、妻、友に。以上の理由から、世に出ていってここでは見つからないものを、すなわち自分自身を探しに行く許しをガウタマは求めている。その説明を聞きながら王は、ここはおそろしく慎重に答えねばならないことを察する。むろん、あっさり拒むことはできる。息子は従順さを誇りにしているのだから。だがガウタマの心は落着かない。従いはしても、心は反抗するだろう。王が求めるのは、心穏やかならざるままの不満混じりの服従ではなく、父の命《めい》の嬉々とした受容なのだ。「お前は幸福ではないのか？」と父は息子に問う。自分はこの世で誰よりも幸福な人間です、ただ一点を除いては、と王子は答える。「その一点とは？」「こういうことです。私の幸福は、内なる影を差す太陽なのです」。息子が自分に向かって謎を使って話すことに王は苛立ち、怒りを抑えねばならない。強大な王国を継ぐ身だというのに、影がどうこうなどと言うのか。だが王は理解している。自分は息子を失いかけているのだ。王自身の胸に影が差す。相続すべき王国を放棄する許しを愛しい息子に与えるような無責任な真似はできない、と王は答える。だが、余がもはや国を支配できなくなって、息子たるお前の手に王国が移ったら、そのときは好きにするがいい、もはやそのときお前の上には誰もおらぬのだから。自分の顔に涙を感じて王はハッと驚く。涙は王を動揺させ、王は泣きながら息子から顔をそむける。

扉を観察するガウタマ　かつて白鳥が夢のなかのごとくに話しかけてきた独想湖のほとりにガウタマは座っている。いま白鳥たちは、静かな水の上を音もなく漂う。父に背くことはできない。自分は王位を継ぐだろう。近隣の王国を征服するだろう。戦いにあっては容赦ないだろう。内なる焦燥に駆られるまま次々と勝利を収め、やがて勝利もなくなるだろう、敵はすべて奴隷にするか殺すかしてしまうだろうから。世界は自分のものとなるだろう。ガウタマ・シッダールタ王！　地と空の主。暗い水のなかの、白鳥たちの下の白鳥たちを見つめていると、もどかしい思いが湧いてくる。なぜ彼らは何もしないのか？　なぜただそこにじっとしているのか？　なぜここを捨てて未知の場へ飛び立たないのか？　ここは彼がいるべきところではない。彼は走りたい、叫びたい、戦車に乗りたい、太陽に槍を投げつけたい。彼は――ああ、いったい何がしたいのだ？　自分の内臓を剣でえぐり出したい。自分の首を斬って父にさし出したい。さあこれを、父上――あなたには従えません。苛立たしい思いで彼は立ち上がり、塀に設けられた扉に向かう。外に出ると、日蔭の小径を大股で歩く。帰ったところで己の落着かぬ思い以外何も待ってはいない自分の寝室に帰るかと思うと耐えられなくもあり、また自分でもよくわからない理由から、われ知らず小径から歩み出て藪に入っていく。森で遊ぶ男の子のように、丈夫な枝に手をのばして、合歓木の葉むらのなかにわが身を引き上げる。ひとつ上の枝までのぼって、翼のない鳥のように腰かける。葉むら越しに小径が見え、塀が見え、塀の扉が見える。扉がゆっくり開く。王の番兵の一人が小径に出てくる。兵はあたりを見回し、開いた扉の方を向いて、手招きする。チャンダが現われる。ガウタマが見守るなか、二人は小声で話しながら小径を行き、ゆっくり視界の外に消えていく。

笑い　高い木の上でガウタマは、声を上げて笑う。それはいままで聞いたことのない笑いであり、彼としても心穏やかでないが、なぜか止めようにも止められない。ガウタマは多くの種類の笑いを知っている。三宮殿の世界は幸福が君臨しているからだ。夢噴水で水浴びをしている側妻《そばめ》たちの有頂天の笑い、徒競走のあとで休む友らの戯《おど》けた笑い、一日のささやかな冒険をガウタマが物語るのを聴くヤショーダラーの優しい笑い。貴婦人たちの機知に富む笑いがあり、中庭で象牙の骰子《さいころ》を転がす番兵たちの荒々しい笑いがある。だがいま合歓木の枝に座ったガウタマから出てくる笑い、鳥の群れのごとく炎のごとく彼からあふれ出てくる笑い、彼の肋骨を傷めつけ喉を焦がしていっこうに止まない笑いは三宮殿の笑いとは違う。二つのものがよく似ていても、どこか一点でも違えば敏感に気づくよう日ごろから鍛錬を積んでいるガウタマは、笑うさなかにも違いを理解しようと努める。そうして、ますます激しく笑いながら、何が自分の笑いを、これまで知ってきた笑いと——陽光の笑い、夏の月の笑いと——隔てているかを彼は理解する。これは幸福でない笑いなのだ。

匠の仕事　葉匠の工房は夏宮殿の、工芸師たちが住む、楽師棟からも遠くない北東の棟にある。夕方近く、王子は匠の許を訪ねる。話をしたあと、二人の男は工芸師園を歩き、葉匠は砂岩の木から下がった絹の葉や、柏槙を彫った生け垣を指さし、枝のあいだにいる色を塗った鳥、人工の白鳥が浮かぶ池、本物そっくりの花が咲く杜松《ネズ》の彫刻の藪の下で横向きに眠っている石の猫を指さす。園を歩きながらガウタマの胸に希望が満ちる。すぐ仕事にかかると匠は約束してくれたのだ。四日後、使いの者がガウタマに、連絡が書かれた木の書字板を手渡す。南側の城壁と接した森にある深安亭で日暮れどきにお会いしたい、と書いてある。ガウタマは白鳥の羽根筆を墨壺に浸し、書字板に返事を書き、使者に返す。日が暮れると林や園を通ってひとつの四阿に入り、階段を下りて苔むした地下道を通っていく。別の階段を上り、森のはずれに出て、暗くなっていく木々のなかを進んでいく。黒や紫の枝のすきまから夜空が見える。空は烈しく青い。そのあまりに輝かしい青さ、あまりに暗い青さは内なる炎を宿しているかと思えるほどだ。月は青い湖に浮かぶ白鳥。ガウタマの目の前にほの暗いゆらめきが見える。次の瞬間、垂れた絹をガウタマは押しやって、深安亭に入っていく。長椅子の前にひとつの影が立っている。ガウタマは葉匠に挨拶し、匠は一筋の月光の下で身をかがめ、足下に置いた二つの束をほどく。大いなる翼は白鳥の羽根で編まれていて、月の光を浴びて白馬のようにうっすら光る。

飛翔　葉匠は翼をひとつ手に取り、絹の帯でガウタマの左腕に縛りつける。二つ目の翼も手に取ってガウタマの右腕に縛りつける。翼は意外に重く、ガウタマが両腕をゆっくり前後に動かしてみると、深い水のなかで動かすかのように感じられる。匠のあとについて亭を出て、森の闇に入っていく。象の脚よりも太い、影に包まれた木の幹のあちこちに、月に照らされた苔が見える。翼の片方が幹の皮に当たってこすれるのを感じて、ガウタマは両腕を脇へ引き寄せる。突然、月光がひと筋差して、暗い翼の縁が白い炎のようにほのめく。木々が消える。眩《まばゆ》い空地で、自分の長い影が向こうの方までのびているのが見える。影の両端がぱっくり開く――影の暗い翼がさっと広がる。匠は彼を空地の向こう側まで連れていく。そこから一方は上り坂で、険しい丘が出来ている。丘のてっぺんで匠は翼を点検し、羽根を引っぱり、絹の帯を締め直す。指示の言葉を匠はもう一度くり返す。ガウタマは空地を見下ろし、彼方の森を、世界の上に高くそびえる暗い城壁を見やる。白鳥の腕を、彼は前後に振る。私は夜の白鳥だ、と彼は思う。匠が重々しくうなずく。ガウタマは翼を上下させながら丘を駆け下り、空地に向かっていく。巨大な木々が両側で立ち上がってくる。何だか子供みたいな、馬鹿みたいな気分だ。不細工な翼に自分は引き止められている。地面が足の裏を押してくるのが感じられる。子供のころの、大きな鳥が湖からゆっくり飛び上がるのを見た午後のことを彼は思い出す。この足は大地の束縛を決して離れないだろう。彼は走り、さらに走る。何かがおかしい。木々が沈んできた。木々は沈んでいるのか？　もはや小径が足裏を打つのが感じられない。大きな翼は彼をより高く持ち上げる。彼は空地の上、木々の上にいる。目の前に城壁がそびえる。彼は白鳥神、夜空の主、星々の王子だ。両の翼のなかで血が脈打つのを感じながら、ガウタマは壁のてっぺんに向かって上昇していく。

ヤショーダラーの夢　ヤショーダラーは晴れた中庭を歩いている夢を見る。中庭の向こうに、夫が独りで歩いているのが見える。彼女は夫に呼びかける。夫は少年のように、魅力たっぷりににっこり笑い、彼女の方に歩いてくる。夫の顔と腕を照らす陽が彼女を暖める。まるで夫が日の光を持ってきてくれたみたいだ。二人のあいだ、中庭の草の上に、何か白いものがあることにヤショーダラーは気づく。ガウタマはその近くに来ると、かがみ込んで拾い上げる。それを持って立つ彼の許にヤショーダラーは歩いていく。見ればそれは白い碗だ。夫は碗を両手で持っていて、いまにも碗が語り出すとでも思っているかのようにじっと見ている。ヤショーダラーは夫の横に立ち、夫が自分を見てくれるのを待つ。「貴方」と彼女は言うが、夫には聞こえていない。彼女は夫の腕を引っぱるが、夫は感じない。ヤショーダラーはぐったりくずおれて膝をつき、夫の脚に頭を預ける。

向こう側　眼下には月に照らされた木々の梢が見え、空地が、丘の上の小さな匠が見える。頭上には城壁がそびえている。月に照らされた壁の上に、彼自身の上下する翼の巨大な影が映っている。翼の影がどんどん高く上がっていってやがて壁のてっぺんに達し突如消えるさまをガウタマは思い描く。それから？　向こう側には何があるのか？　子供のころ、父と一緒に馬車に乗ったことをガウタマは思い出す。「あっちには何もない。すべてはここにあるのだ」。教師たちに突きつけられた哲学的な謎を彼は思い出す。すべてを囲む線を引いたら、線の向こう側には何があるのか？　すべてを囲む線を引かなければ、すべてはどこまで行っても終わらないのか？　いま自分は、既知の世界の果てに近づきつつある。そしてその向こうは？　白鳥の翼は重いが、ガウタマは逞しい。壁のてっぺんに近づいていくとともに、ガタガタ、ゴロゴロというような音が聞こえてくる。頭上、壁のてっぺん近くに沿って、細いすきまが空いているのが目に入る。すきまから、幅の広い、目の細かい網が出てくる。水平に渡された二本の柱のあいだに、網はぴんと張られている。下の方で、二つ目の網が壁から出てくる。上の網がばさっと降りて、ガウタマの翼に絡まる。ガウタマはばたばたもがき、下の網のなかに落ちていく。ゆっくりと、繭のごとき網に囚われて、ガウタマは木々の方に沈む。

物思いにふけるチャンダ　網がガウタマを包み、徐々に彼を地上に下ろしていくのを、チャンダは隠れ場所の高い枝から見守る。葉むらを通してなおも覗き込んでいると、葉匠が丘を駆け降り、空地を抜け、墜落した王子に手を貸そうと森へ入っていくのが見える。友に怪我がないことを確信すると、チャンダは夏宮殿に戻って王に伝言を送る。チャンダも十分承知しているとおり、王は一部始終をつぶさに追ってきた。ガウタマが初めて工芸師たちの住まいを訪ねた直後から、葉匠は王と定期的に会うようになった。王はチャンダのいる前で、白鳥の翼をこしらえるよう匠に指示した。翌日、番兵たちに、城壁内の空洞の通路を通って内部階段を上り、何年も前に外国の侵略を食い止めるために作った、網を用いた装置二基を動かすよう命じた。チャンダは眠れない夜を過ごす。朝になると、六橋林に行って、小川のほとりに生えた針槐《ハリエンジュ》の木の下に座る。いったい自分はどういう人間になったのか？　いままでずっと、自分は忠実な友であってガウタマが幸福であるよう心を尽くして見守っているのだと思っていた。だが最近は自分が友の不幸の手先だとしか――王に仕えるだけの裏切者にして密偵だとしか――思えない。たしかに王は息子を深く愛していて、ひたすら息子の幸福を望んでいる。だがそれも、その幸福がこの世界を肯定し、この世界がもたらす愉楽を歓迎するたぐいのものであるかぎりのこと。けれどガウタマはもはやそうした愉楽に身を委ねることができない。もはや三宮殿の小さな世界では、この強国の王の落着かぬ息子には十分大きくないのか？　網に絡めとられてもがいている大きな翼がふたたび目に入り、チャンダは内なる情景を追い払う。世界のなかに収まった世界は、落着かぬ心を抱えた人間には小さすぎるのだ。その人間は城壁の向こう側に行かねばならない。大きな世界に、その壮麗な全体に、向きあわねばならない。そうだとも――向こう側。ぐずぐずしてはいられない。

倦怠　ガウタマは夜の冒険のことを誰にも語らず、じきにそれは夏の夢ほどの実体もないように思えてくる。ある夏の、月が青い湖に浮かぶ白鳥だったある夜に、大きな鳥のように木々の上まで上がって城壁のてっぺんに達した――そんなこと、どれだけありうるというのか？　だが、日常の暮らしに戻ってきたいま、不思議な気分が物事を覆うようになっている。弓射場に立って弓の弦《つる》を引けば、弓が撓《しな》って自分の腕に緊張のさざ波が流れるのを感じるが、と同時に、この瞬間を自分が思い出しているという感覚、ずっと昔にすでに起きたこの瞬間を思い出しているという感覚も覚える。陽が矢柄《やがら》の木を照らし、ざらざらの弓弦《ゆみづる》が腕に沿って滑り、遠くで的が鳴り、髪が肩の上を流れていた。夜にヤショーダラーの寝室に赴き、彼女の瞳の奥に見入ると、自分が彼女を未来から、あまりに遠いのですべてを囲んで引かれた線の彼方にあるように思える未来からふり返って見ているように感じられる。チャンダとともに笑うとき、六橋林か静悦亭を独りで歩くとき、側妻の太腿を見え隠れさせる透けた絹の下に滑り込む自分の手を眺めるとき、ガウタマは、森のなかを歩いていてふと子供のころの一瞬を思い出して心を動かされる男のような気分になる。ある日の午後、水中に生えた水草をよく見ようと池の方にかがみ込むと、水のなかからこっちをじっと見上げている自分の顔をガウタマは目にする。その鏡像は水面のすぐ下に収まっているかのように見える。彼はすぐさま、その顔がこっちにいる自分を見ようと目を凝らしているのだと想像する。はっきり見ようとしても、絹のような水を通して見るしかなく、どんなに澄んでいて乱れがなかろうとも、水はその顔と、顔が見ようとしているものとのあいだに、宮殿の窓に掛かっている色あざやかな絹のように居座っている。物たちのなかに、ある種の静かさ、優しいよそよそしさがある。時おりガウタマは、自分の口許が笑みを作りはじめるものの、笑みと呼ばれる動作を完全には遂げずに終わるのを感じる。あたかも、笑みを浮かべるという行為が、もはや彼にはなしえない集中を、たゆみない注意力を要求しているかのように。

王の決心　王はチャンダにひどく失望している。おそろしく手の込んだ計画に莫大な費用を注ぎ込んだのに王子を寂寥島に惹きつける企てはまったくの失敗に終わったばかりか、その失敗が息子の反逆を招き、城壁を飛び越えようとする策略につながったのだから。だが同時に王は、隠れた番兵たちの動きや、壁に仕掛けた網の点検を指揮してくれたチャンダに恩義を感じてもいる。いかなる落ち度があったにせよ、息子が無事戻ってきたのは誰にも増してチャンダのおかげなのだ。王子のことを思うと王は心配でたまらない。贅沢な快楽の世界を離れて、一国の王には不向きの人間を作るばかりの、何やら怪しげな内なる領域に王子は引っ込もうとしている。そして王は、自分の年齢を感じはじめている。ついこのあいだの夜も、夕食の席から立ち上がったときに軽いめまいを覚えて、周りの者たちの険しい視線を浴びながら、しばし食卓に両手をついて休まねばならなかった。王国はいつにも増して強力だが、敵は国境に迫ってきていて、少しでも弱みや迷いを見せたら一気につけ込んでくるだろう。息子が世界を知らずに済むよう護ることによって、まさに妨げようとしていた、内面へと向かう傾向を助長してしまったのか？　七貴楽園をチャンダと一緒に歩き、最新の計画を疑念とともに聴きながら、そうした思いを王は避けられない。城壁の向こうまで馬で行くことをガウタマに許す、という案をチャンダは提唱している。いつの日か自分が支配することになる領土の壮観を見せればいいというのだ。道筋は前もって入念に選んでおきます、とチャンダは言う。葉の茂った裏道をガウタマは抜けていき、貴族の豪邸が並ぶ前を通って、都の外れに向かうのです。世界はその巨大さと多様さでもって彼の心をときめかせるでしょう。壮麗なる王国の未来の支配者であることの意味を彼は悟るでしょう。だが王には、これは危険な計画だと思える。三宮殿の小さな世界の中でなら、すべての動き、すべての笑みと歩み、芽を出しかけた葉すべてを制御できるが、城壁の外には大きな世界が流れている。物事は細心の管理など少しも受けつけず、木が丸ごと、好きなときに倒れるのだ。人生の苛酷さからずっと護られてきた王子が、何か心を脅《おびや》かすものを見たらどうなるか？　大きな、さまざまな物にあふれた世界に頭がくらくらして、ますます烈しく内へ向かってしまうのでは？　王は提案を素気なく却下し、片手を両目の上に滑らせ、結局落着かなげに同意する——一万人の召使いが道路を綺麗に掃き、不快な眺めをあらかじめすべて取り除くという条件で。

東門　夜明けとともに東門が勢いよく開く。内門の両扉と、外門の両扉。千の二輪馬車と五千の騎手が先を行き、ガウタマはチャンダと並んで、翠玉と紅玉の輝く白馬二頭に引かれた黄金の馬車に乗っている。何もかもがくっきり見えている。広々とした綺麗に掃かれた道、絹の旗を垂らした高くそびえる合歓木、馬の腹の茶色い輝きを背景にキラッと光る剣の刃。居並ぶ木々の奥に、幻影か、壁に描いた絵のように、欄干や小塔のある貴人の屋敷がそそり立つ。行列が進んでいくにつれ、川沿いの都の外れに通じる道の両側に人々が姿を現わしはじめる。ガウタマは赤や橙の花を飾った艶やかに光る黒髪を見、小川の小石のような子供の膝を見る。五感がはち切れんばかりに開くのが感じられる。世界は激流だ。美は目を燃やす明るさ。手をのばせばこの手のひらに空を、宝石を飾った馬を、輝く顔の並ぶ広い道を収められるだろう。ガウタマは世界を呑み込みたい。目で世界を食べたい。道端の草一本一本が剣のように突き出ている。誰かの眩い黄色い長衣のかたわら、草のなかに何か黒っぽい形をガウタマは見てとる。馬車を停めるようチャンダに命じる。それは何らかの動物、二本の手がある動物だ。ガウタマは馬車から下りる。その生き物は道端に座った動物人間だ。頭のてっぺんに髪はないが、長く白いほつれ髪がこけた頬に垂れている。目はどんより濁って、顔の皮膚が骨から垂れ下がっている。膝の上に広げた指は鳥の鉤爪のように見える。なかば開いた口に、茶色い歯が一本だけ見える。厩よりもっとひどい悪臭が、湯気のように立ちのぼる。ガウタマは馬車の上で立ったままのチャンダの方を向く。「この生き物は何だ？」。チャンダの目に恐怖をガウタマは見る。

チャンダにわかること　まだ依然ガウタマを欺くことは可能だとチャンダにはわかるが、もはや嘘の果てまで来てしまったことも彼にはわかる。答えれば猛烈な質問が次々飛んでくるだろう。ここはすべて、本当のことを答えるつもりだ。それらの答えは、すでに目が陰鬱になりかけている友の心を乱すことだろう。ガウタマは宮殿の敷地内に舞い戻り、自室に籠もるだろう。誰とも口を利かないだろう。どうしてこうなったのか？　道路は綺麗に掃かれ、木々は刈り込まれて色を塗られ、家々に老人、病人、畸型の者がいないかも入念に調べたのに。この生き物は道端の草を住みかとする大きな虫なのです、と言った方がよくないか？　遠くの、人間が湖の底で暮らす王国で捕獲した怪物なのです、と説明した方が王子のためではないか？　チャンダはため息をつき、友の目をまっすぐ見て、「それは老人です」と言う。老いは三宮殿から締め出されている。ある面でまだ子供である友に、何もかも説明してやらねばなるまい。ガウタマはチャンダを食い入るように見ている。馬車の二つの車輪が陽を浴びて光る。

南門　ガウタマはチャンダに、行列から離れて引き返し東門から元に戻るよう命じる。七日七晩、ガウタマは静悦亭の噴水のそばに生えた花没薬樹の下に座り、道端にいたあの黒々とした姿に思いをめぐらす。老人は彼のなかにいる。自分はあの老人なのだ。自分の息子はあの老人だ。あの者は自分の妻の血のなか、すべての美しい女の血のなかに棲んでいる。どうして自分はいままで知らなかったのか？　ずっと知っていたのだ。知っていて知らなかった。知らなかったが知っていた。八日目の朝、ガウタマは立ち上がり、チャンダに会いに行く。また外に出る気だ。怖くはない。二人は一緒に馬車で南門から出る。このあいだ東門を抜けて出発したとき、何もかもがくっきり見えたことをガウタマは思い出す。世界の猛々しい明るさで暗い夢から目覚めることをガウタマは求めている。遠くに尖塔や櫓《やぐら》が青い靄に包まれてゆらめくのが見える。道の両側に番兵が立ち、出て行く彼に喝采を送る。隣の仲間と腕一本分離れた番兵に挨拶を返したガウタマは、その二人のあいだに誰かが座っていることに気づく。ガウタマは馬車を停め、降りて立ち止まり、子供のように痩せた若い男を見下ろす。若い男の目は曇っている。息は湿った音がする。日なたにいるのに若い男は震え、うめいている。鼻と口から緑がかった液体が流れている。片脚は尿で黄色に染まっている。ガウタマはハッとチャンダの方に向き直り、チャンダは目を伏せない。「それは病人です」とチャンダは言う。

西門　外出は打ち切られる。七日七晩、肉体の衰えにガウタマは思いをめぐらす。八日目の朝、チャンダとともに馬車に乗って西門から出ていく。出ていくらも経たぬうちに、馬に引かれた荷車が道端をのろのろ進み、わあわあ泣いて胸を拳骨で叩く人々があとに続いているのをガウタマは見る。荷車の上に一人の男が仰向けに横たわり、手足は柱のようにこわばって、顔は石のように虚ろだ。ガウタマは険しい顔でチャンダを見る。「これは何なんだ?」と彼は問う。

見える　ガウタマは西門を通って帰る。誰とも口を利かない。忘却を求めて側妻たちの住まいにまっすぐ向かう。何かがおかしい。女たちは彼に向かって微笑むが、その歯は欠けて茶色く、胸は土を入れた袋みたいに垂れ、腕は歪んだ棒。腹ばいに横たわる裸の娘がふり向いて彼を見る。蛇が一匹、尻のあいだから這い出てくる。娘の顔はニタニタ笑う骨だ。ガウタマは明るい午後へ逃げ出す。頭上の太陽は血の球。ガウタマは自分の手を見る。皮膚のあちこちにひびが現われる。黒い液体が指先から垂れている。

北門　八日目にガウタマは北門を開けるよう命じる。世界をありのままに見なくては。世界とは何だ? 胸まで血と糞便に浸《つか》って歩こう、死者の口に接吻しよう。門から遠くないところで一人の男が道端を歩いているのをガウタマは見る。男は白い碗を持っている。質素な衣を男は着て、安らかな顔で歩く。髪は短く刈り込んでいる。碗の白さ、腕の動かなさ、まなざしの静謐さ、そのすべてがガウタマの張りつめた注意を惹く。あの男は苦行者で、托鉢の碗を持っているのですとチャンダが説明する。かつては裕福な人物で、多くの召使いを抱えた大きな屋敷の主《あるじ》でした。いまは何も持っておらず、なのにすべてを持っていると男は称していいます。チャンダが友の方を向くと、ガウタマは目をギラギラさせて白い碗に見入っている。

七貴楽園で　藍色の夜、シュッドーダナ王は七貴楽園を歩いている。白い絹のように両腕を撫でていく月光、蒲桃《ホトウ》の木の暗い香り、それらが王の心を和ませ、安らかな思いで彼の胸を満たす。ある程度の平穏を王は自分に許すことができる。チャンダの報告を聞いて、用心深くではあれ希望が湧いてきたのだ。王子は四つの門すべてから外に出て、毎回あっという間に帰ってきた。どうやら未知の世界の厄介な快楽より、城壁の内側の世界の慣れ親しんだ快楽を好むと見える。王子は決して諸国の征服者にはなるまい。あくまで三宮殿にとどまって支配し、父が勝ちとった土地を飾り立てるだろう。それでよい。拡がる時もあれば固める時もあり、血の時もあれば酒の時もあるのだ。兵士たちは彼に従うだろう。不服従は死罪なのだから。ガウタマ・シッダールタの治世のあとにはガウタマの息子の治世が来るだろう。あの子はもうすでに馬を一人前に乗りこなし、支配者に生まれついた者の迷いなき威信をもって話す。ラーフラは祖父のように指揮を執るだろう。馬に乗って出陣し、新しい土地を征服するだろう。少年は祖父の胸を誇りで満たす。とはいえ、慌てる必要はない。王自身、まだ逞しいのだから。つい先日も、夜明けから日没まで狩りに興じ、その後、女たちの住まいで若い側妻に快楽の叫びを上げさせたのだ。

別れ　寝室の外でガウタマは、戸口に掛かった重い仕切り布を脇へ押しやる。彼はためらい、動かない。蓮の花の彫刻をてっぺんに飾った高い柱に囲まれ、縁に金色の鴛鴦《オシドリ》を刺繍した紅の蒲団を敷いた夫婦の寝台でヤショーダラーが寝息を立てているのが聞こえる。もうひとつの戸口の向こうは息子の寝室だ。顔を横に向け、片腕を胸の上に投げ出して眠るラーフラの上に自分がかがみ込む姿をガウタマは想像する。ラーフラは健康な子供で、弓術と格闘技に長け、乗馬も上手く、友だちのあいだでも皆を指揮する役柄だ。独りきりになれる、白鳥の嘴が水をつつく以外は何の音もしない場所を求めたりはしない。次にガウタマは、ヤショーダラーの上に自分がかがみ込む姿を想像する。油燈《ゆとう》の薄い光が彼女の頬を照らす。眠る彼女は、暗い水のなかにいる白鳥の下の白鳥のようだ。生きいきとして、閉じ込められている。ガウタマは寝室に入っていき、彼女の上にかがみ込み、別れの言葉をささやくだろう。仕切り布の外に立って、自分が彼女の上にかがみ込んで別れの言葉をささやく姿を想像していると、仕切り布を脇へ押しやって歩いていくだけのことなのに彼女がひどく遠くにいるように思えてくる。じきにこの戸口も遠くなるだろう。何かが彼の思いを乱す。それがだんだんはっきりしてくる。わかった、見えた、そうだ、妻の寝室のとば口に立って手が仕切り布の前まで上がっていても自分はすでにここではないところにいるのだ。仕切り布を抜けて中に入ることは、別れを告げることではなくあと戻りを許さぬ旅から戻ってきてしまうことなのだ。憤りが胸に湧いてくる。自分はいまだに快楽に縛られているのか？　ガウタマは顔をそむけ、夜の方を向く。

月光　北門の大きな扉が背後で閉まると、チャンダはうしろをふり返る。それから彼はガウタマとともに、それぞれ自分の馬に乗って月光に照らされた道を進んでいく。チャンダは高揚と絶望の両方を感じている。高揚するのは三宮殿の牢獄世界から友が脱走するのを助けているからであり、絶望するのはガウタマのいない人生は無意味だとわかっているからだ。北門に配された三十人の番兵に、ほかの三つの門へ移るようひそかに命じたのも自分であり、信頼できる部下六人を代わりに据えたのも、馬たちを準備し出発時間を決めたのも自分だ。王は激怒するだろうし、もしかしたらチャンダを逮捕して牢屋に放り込むかもしれない。だがいずれはチャンダを許し、やがては彼に感謝するだろう。ガウタマの旅立ちが止められるものではなかったことを王もいつかは理解するだろう。どのみち出ていくのなら、信頼のおける友と一緒に行く方がずっといい。危険に満ちた夜のなかを、大いなる森の外れまで無事に導いてやるのだ。馬で道を進んで行きながら、チャンダはくり返し王子の方を見るが、王子はまっすぐ前を向いたままだ。うしろで束ねた長い髪が背中で軽く跳ねる。チャンダは突然、未来の刃が誇り高き巻き毛を切り落とし、月光を浴びて震える水のように波打つ上等の絹が粗い衣に取って代わられるさまを想像する。シュッドーダナの息子は白い碗を持ち歩くだろう。長い指が碗の白さを包み込むことだろう。托鉢をするガウタマの像があまりにも生々しいので、長い髪で絹の衣を着た王子が自分の隣で白馬に乗っているのを見てチャンダはハッと驚いてしまう。木々の間隔が少し空いてきた。道路が二叉に分かれるところに来て、チャンダは先に立って右の道を行く。都の川べりから離れていく道だ。両側の暗い野原は夜のなかへ広がっている。何も言わずまっすぐ前を見ているだけなのに、ガウタマが不思議な軽さを発散しているのがチャンダには感じられる。でも考えてみれば当然ではないか？　気持ちのよい夏の夜、自分たちは冒険に、世界の冒険に乗り出そうとしているのだから、大人たちが眠っているあいだに月の光で遊んでいる二人の少年みたいに。明るい月の夜にはどんなことでも可能になる、月の光は夢の光なのだから、夜よいつまでも続け。生きている！　息をしている！　そしてすべての冒険はいずれ終わるのだからこの冒険にも終わりが来るだろうが、まだほかにもいろんな冒険がある。明日は太陽の光の下で、中庭を越えて楽師たちの住まいに行き、夏の空気に包まれて高らかに笑うのだ。何だか考えがぼやけてきた。明日には友はもう一緒にいないのだ。友はもう二度と一緒にいないのだ。不安な気分がチャンダを襲う。長い夜で疲れた。疲れが内側から自分を引きずりこもうとするのが感じられる。覚醒していなくてはいけない、決して終わってはならないこの夜に。だがすでに、大いなる森が目の前にそびえてくるのが見える。どうしてこんなことになったのか？　森は近づいてきている、彼らを出迎えようと急いでいる。もっと注意しているべきではなかったか？　いまやガウタマも停まった。馬から下りて、馬をチャンダに引き渡そうとしている。両腕から宝石の腕輪を外しはじめている。チャンダは彼の動きを遅くしたい、その動きを永久に止めてしまいたい、物事があまりに早く起こりすぎていると訴えたい、ついさっきまで一緒に馬を進めていたじゃないか、夏の夜の二人の友だちとして。王子の腕の温かさがまだ残っている宝飾品を受け取りながら、自分の体が震えるのをチャンダは感じる。深い侵犯を為していることを意識しつつチャンダはひざまずき、一緒に連れていってくれと友に頼み込む。森には蛇や狼がいる。掃き浄められた道に慣れた王子の足が、茨の上を歩くことになるのだ。君は何を食べる？　どうやって眠る？　自分の欲求を叫ぶそのさなかにも、チャンダは己を恥じる思いにぞっとし、力なくうなだれる。周りに広がった静寂に気づき、慌てて顔を上げるが、ガウタマはまだそこに立っている。木々のなかで風がそよぐのをチャンダは聞き、木々が語っているようにチャンダには思える、いやそれとも夜空だろうか、「眠りの時は終わった」と。何のことかとチャンダは理解しようとするが、葉が風にそよぐ音が聞こえるばかり。ガウタマが東の空を指している。「ほら。夜が明けた」。丘が連なった上に、夜明けの細い帯が現われた。重たい疲れが、ずっしりした布のようにチャンダを覆う。あくびがぶるっと顔を通り抜け、ひざまずいた体を貫いていく。チャンダは疲れた気分で首を曲げる。肩に何かを感じる。手が触れているのか？　烈しい嬉しさに叫びたい、恨めしさに泣き出したい。目を開けるとガウタマは森のなかに消えていこうとしている。木々の前にひざまずいてチャンダは待つ。空が明るくなってきた。鳥が一羽、枝にとまる。しばらくしてチャンダは立ち上がり、二頭の馬を導いて、来た道を帰っていく。

ホーム・ラン

Home Run

九回裏ツーアウト、同点でランナー一三塁、バッターはマクラスキー、フルカウント、ファンは総立ち、球場中が熱狂しています、外野はポテンヒットを警戒して若干前進守備、ピッチャー、サインを覗き込んで首を横に振った、一塁ランナー、大きくリードを取っています、一塁は事実上ノーマーク、サードでいまぴょんぴょん跳ねているランナーがホームを踏めばゲームは終了、ピッチャーふたたび首を横に振る、マクラスキーがここでタイムを要求しました、バッターボックスから出て手袋を引っぱり、スパイクの泥を叩いて落とす、このあたりなかなか微妙な駆け引き、相手のリズムを崩して、じらして、いま大きな体でバッターボックスに戻って構えに入る、マウンド上では長身の左腕、ピッチャーズプレートを爪先でつついて、サインを覗き、今度はうなずきます、カーブで行くでしょうか、あるいはスライダーか、三塁手が一歩うしろに下がる、キャッチャー内角に構えてピッチャー、マウンド上じっくり慌てず急がず、セットポジションの構え、足が上がって、投げました、ストレートが真ん中に入る、マクラスキーバットを振る、力一杯強振、打ちました、観客の歓声が上がる、センターバック、バック、ややライト側に走る、大きく開《あ》いた右中間を走ります、なおもバック、フェンス前に達した、球はなおも伸びている、伸びている、センターフェンスに貼りついて見上げた、入った、入りました、サヨナラの一打、マクラスキーがベースを回る、右中間フェンスの一一〇メートルと書かれた上をボールは越えてゲームセット、サヨナラベイビーもうお別れ、観客は大歓声、ボールはまだ飛んでいて球場はいまや狂乱状態、マクラスキー二塁ベースを回ってボールは依然空中を飛んでいます、右中間外野席のはるか上、スタンド上段に向かう、これぞまさしく特大の一発、ビッグMマクラスキーのM爆弾、今シーズンはずっと好調をキープ、いまサードを回って、ボールはまだ飛んでいる、まだ飛んでいる、まさにフルスイングの強打でした、おや待ってください待って、何と場外、場外に出ました。上段も越えてバドワイザーの看板も越えた、ジミー、データ頼むよ、いやー実にすごい、真っ芯に当たった一打、信じられません、場外打、何メートル飛んだでしょうか、大柄のバッターいまホームプレートを踏んでチームメートの手荒い祝福を受けています、観客の声はいまや怒号、え何だってジミー、ほんとかいジミー、皆さん、史上初だそうです、そうです史上初、この球場で場外ホーマーは誰一人打ったことがなかった、その偉業をマクラスキーが成し遂げました、ストレートをじっくり待ってガツンと当ててロケットを発進、いやーすごかった、大きな大きな当たり、パワーはもとよりそのスイングの滑らかさはまさにキング・オブ・スイング、全体重をかけ腰を一杯にためて渾身の一振り、これぞ野球の醍醐味、ボールはまだ飛んでいます、信じられません、グッドイヤータイヤの飛行船も通り過ぎ、see ya later alligator《ワニさんまたね》、はるか青空に上がっていきます、まだ飛んでいる、いやーもはや何ものにも止められない、バッターはチームメートに囲まれてダッグアウトへ戻ります、ファンの皆さんがグラウンド一面に群がっています、みんな空を指さしている、ボールはまだはるか上空を駆けています、本当に本当に高い、ジミー、データは、まだぐんぐん上がっている、え、ちょっと待てジミー、皆さん、ボールは対流圏を突き抜けたそうです、ほんとかいジミー、これは驚き、巨漢による超大型の一発、空高く舞い上がり目下成層圏に入っています、good golly《オドロキ》 Miss Molly《モモの木》、ジミー数字、おお来た来た、成層圏は地上九キロメートルの高さから始まり約五十キロメートルまで続きます、いやとんでもない一打もあったものです、試合を決める一発、強打者マクラスキー、またの名をマクスインガー、怪力スイングが生んだ一撃、まだ飛んでいる、スタンドはもはや人もまばら、ボールはいま成層圏を越えて中間圏に入る、とてつもない代物を打ったものです、渾身にして快心の一打、係員が屑や紙コップ、ピーナッツの殻にホットドッグの包み紙を拾い集め、高圧洗浄機で座席を洗っています、これは間違いなく長年語り草となることでしょう、真ん中の速球、内角のコーナーを狙ったが外れて真ん中に入り、巨体のマクラスキーにフルスイングを許してしまった、球はいま外気圏に達しました、いやこんなすごいのは私アナウンサー生活で見たことがありません、ボールは一日中飛んでいそうな勢い、誰がこんなものを予想、待ってくださいちょっと待ってください、これは参りました、ボールは大気圏外に出たそうです、いまや大気圏外空間を飛んでいる、さらば友よいまこそ別れの云々《うんぬん》かんぬん、本当に外も外、大気圏外をまだ飛んでいる、バイバイバーディ、こちらスタジアムは観客席ももう空っぽ、陽は沈み月はのぼってほぼ満月、美しい夜です、気温は二十三度、明日もデーゲームを戦い次は西海岸で手ごわい三連戦、ボールはまだ飛んでいる、月に向かう勢いです、ムーンショットとはまさにこのこと、よくぞ飛ばしたものです、どんどん高く、遠くへ、飛んで、飛んで、とうとう月も越えました、グッバイベイビー、サヨナラ三角また来て四角、グッナイアイリーン、夢で逢いましょう、ガツンと芯で捉えた完璧な一打、ボールはまだ飛んでいる、火星を過ぎて小惑星帯も抜けた、これはもう脱帽するしかありません、木星を越えた、さらば土星、アデュー天王星、アリヴェデルチ海王星、いまや天の川に浮かんでいます、ビッグディッパー《北斗七星》めがけたラウンドトリッパー《本塁打》、銀河に放たれたショット、ブラックホールも破裂かという勢い、ジミーあのへん星っていくつあるのかね、ほぉ、ジミーが言うには二千億あるそうです、星ひとつが五セントだったら年金の心配も要りませんねぇ、失礼しました、ボールまだ飛んでいる、天の川を過ぎて銀河間空間に突入、いやまったくよくぞここまで飛ばしたもの、天晴《あっぱ》れと言うほかありません、昨年はシーズン中活躍しましたがポストシーズンでは期待外れに終わったマクラスキー、来年もまたプレーが楽しみ、ボールはアンドロメダ星雲を過ぎてなおも飛んでいる、飛んでいる、よくぞ飛ばした、満身の力を込めた一打、何という怪力、今年は春のトレーニングから好調でした、怪力スイング見事復活、球はすでに数千の銀河群を有する乙女座超銀河団も越えた、空前絶後の飛距離、ギネスブックもののビッグバン、勝負を決めた超特大の打球、海蛇座・ケンタウルス座超銀河団も抜けてなお飛んでいる、水瓶座超銀河団をいま過ぎた、このあたりは超銀河団が何千、何万、何百万と群がっています、マクラスキー自身この一発はいまも忘れておりません、目下3Aのコーチを務める元巨漢スラッガー、往年の一大センセーション、ボールはいまだ彼方にあり、いまだ上昇し、観察可能な宇宙の果てに向かってなお邁進中、宇宙の果ては光速より速く後退していてボールはなおも飛んでいる、なおも飛んでいる、両手に握ったバットの感触をマクラスキーはいまも覚えています、スイングしたときのあの快音を、滑り止めパインタールの匂いを、九回裏、ランナー一三塁、ツーアウト、夏の日。

短篇小説の野心

スティーヴン・ミルハウザー

短篇小説――何と慎ましい物腰！　何と控えめな態度！　大人しく座って、目を伏せ、わざわざ気づかれぬよう努めているみたいだ。万一あなたの注意を惹いてしまったら、すかさず健気にして自虐的な、あらゆるたぐいの失望を覚悟している声で、「いえ私、長篇じゃありませんから。短めの長篇ですらありません。もしそういうのをお探しでしたら、私、違いますから」と言う。これほど別の形式に威圧されている形式もほかにない。私たちもそれで納得する。訳知り顔で私たちはうなずく。アメリカじゃやっぱり、大きさこそ力だものな。長篇こそウォルマート、インクレディブル・ハルク、文学世界のジャンボジェット。長篇の貪欲さは飽くところを知らない。それは世界を喰らい尽くそうとする。短篇にできることなぞ、何が残っているというのか？　まあ花壇でも作って、瞑想に浸って、プランターのゼラニウムに水をやるがいい。クリエイティブ・ノンフィクションの講座を受講したっていい。何でも好きなことをするがいい、とにかく己の分際を忘れなければ、邪魔にならぬよう隅っこで静かにしてさえいれば。「そうら、俺さまのお通りだ！」と長篇は叫ぶ。短篇はいつもあわててどこかに避難する。長篇は土地を買い占め、木を伐り倒し、マンションを建てる。短篇はこそこそと芝生を横切り、柵の下から這い出る。

むろん小ささには小ささの美徳がある。長篇もそれくらいは認めるだろう。大きな物は不格好で見苦しく粗雑になりがちであり、小ささは優美さや典雅さの領分である。それはまた完全さの領分でもある。長篇はその本性からしてすべてを取り込もうとする。だが世界は無尽蔵でありすべてを取り込むことは不可能である。したがって長篇は、ファウスト的に高さを目指すものは、その欲望を決して達成しえない。反面、短篇は本来的に選択を旨とする。ほとんどすべてのものを排除することによって、残ったものに対し短篇は完璧な形を与えることができる。そして短篇は、長篇には為しえない十全さを主張できる。まずはじめに多くを排除したあとは、残ったわずかなものをすべて取り込むことができるのだ。長篇は、たまに短篇を思い出すことがあれば、いつも上機嫌に鷹揚な態度を見せる。「あんた、素晴らしいよ」とその大きなごつごつの手を自分の胸に当てて長篇は言う。「いやほんと。あんたすごく……あんたすごく……」すごく可憐！　すごくお洒落！　すごく垢抜けてる！　そして賢い。長篇は自分を抑制するのに苦労する。だいたい何が違う？　しょせん言葉じゃないか。長篇にとって大事なのは大きさだ、力だ。心の奥で、長篇は短篇を見下している。何であんなに少しで済ませるのかね。短篇の簡素さ、欲求の抑圧、さまざまな拒否や放棄。長篇はそんなものに用はない。長篇はモノを求める。領土を欲しがる。長篇は全世界を欲しがる。完璧さなんて、ほかに何もない奴にやる残念賞みたいなものさ。

こう言われて短篇は引っ込むほかない。主張は慎ましく、己のささやかな美徳を恥じらい混じりに誇り、威勢のいいライバルとの関係にいささか不安なところもあるなか、短篇はうしろの方に座ることに甘んじ、長篇が大きな世界と取っ組みあうに任せている。だがしかし、だがしかし。その慎ましい姿勢には——私の勘違いだろうか？　それとも少しやり過ぎ？　ほら、そのさっとそらす眼差し——若干の狡猾さが混じっていないか？　ひょっとして短篇小説も、小物のくせに独自の野心なんてものを持ったりするのか？　だとしても、本人は決してはっきりは認めまい。そこはやはり鋭い自己保存本能がはたらくし、長年抑えつけられてきたせいで秘密を持つことがすっかり習慣化しているのだ。ふんぞり返って歩く長篇たちが支配する世界にあって、小ささは用心深く歩みを進めることを学んでいる。我々はその秘密を感じとるしかない。私は短篇小説がある願望を抱いていると想像する。短篇が長篇にこう言っているところを私は想像する。あなたがすべて持ってくださって結構、何から何までどうぞ、私は一粒の砂をお願いするのみです。長篇はぞんざいに肩をすくめる。陽気さと軽蔑の両方が入ったそのしぐさで、長篇はその願いを聞き入れる。

だがその一粒の砂が短篇の脱出口なのだ。その砂こそ短篇の救いである。私はウィリアム・ブレイクの範に倣《なら》う。「一粒の砂に世界を見ること」。考えてみてほしい。一粒の砂のなかの世界。すなわち、世界のあらゆる部分は、どんなに小さくても、世界を丸ごと含んでいる。言い換えれば、世界のなかの、一見どうでもいいような部分に注意を集中するなら、その奥深くに、まさしく世界そのものが見つかるのだ。その一粒の砂のなかに、その砂粒を含む浜がある。その一粒の砂のなかに、浜に打ち寄せる大洋があり、大洋を行く船があり、船に照りつける太陽が、恒星間に吹く風が、カンザスのティースプーンが、宇宙の構造がある。そこに短篇小説の野心が、まやかしの慎ましさの向こうにひそむ恐ろしい野心がある——全世界を現出させること。短篇は変容を信じる。隠れた力を信じる。長篇は明白に見えるものを信じる。一粒一粒の砂なぞにつき合ってはいられない、そりゃ一応キラキラ光ってるけど見づらいったらない。長篇はすべてを己の力強い抱擁のなかに抱え込もうとする。岸辺を、山を、大陸を。だがそれは絶対に上手く行かない。なぜなら世界は長篇小説より大きいから、あらゆる地点で世界は逃げていくから。長篇は場所から場所へせわしなく飛んでいく、つねに腹を空かし、つねに不満を抱え、つねに終わりに達してしまうことを恐れて、なぜならもし立ち止まったら、疲れはてても決して心安らぎはせず立ち止まったら、世界は逃れてしまっているだろうから。短篇は一粒の砂に集中する、そこに――すぐそこに、己の手のひらに――宇宙があると烈しく信じて。愛する者が恋人の顔を知ろうとするように短篇は砂粒を知ろうとする。砂粒がその本性を明かす瞬間を短篇は待ち構える。その神秘的拡張の瞬間、大宇宙の花が小宇宙の種から飛び出す瞬間に、短篇は自らの力を感じる。そのとき短篇は自分より大きくなる。長篇より大きくなる。宇宙と同じくらい大きくなる。そこに短篇の慎ましくなさが、秘密の攻撃性がある。啓示こそその方法である。小ささこそその道具である。長篇の大きく重たい嵩《かさ》なぞ、短篇には弱さの笑うべき象徴に思える。短篇は何についても謝ったりしない。短篇は短さに歓喜する。それはもっと短くありたいと欲する。ただの一語でありたいと欲する。もしその一語を見つけられたなら、その一音節を発せられたなら、宇宙全体が炎に包まれ轟音とともに飛び出してくるだろう。それこそが短篇小説の法外な野心であり、そのもっとも深い信念であり、その小ささの大きさなのだ。

"The Ambition of the Short Story," *The New York Times*, Oct. 3, 2008

訳者あとがき

まずはこのすぐ前に収録した、作者による〈短篇小説宣言〉とも言うべき文章「短篇小説の野心」をお読みいただきたい。作者は短篇小説全般を擁護しているわけだが、そこで思い描かれている短篇小説は、人生の一断片をさりげなく切りとってみせるようなたぐいの短篇ではなく、また、おしまいにあっと驚くどんでん返しが待っているような短篇でもない。イメージされているのは、短いなかに宇宙が丸ごと入っているかのように思える短篇である。そしてそのイメージは、誰の短篇にも増して、スティーヴン・ミルハウザー本人の数々の短篇を想起させる（しいて言えば、タイプはまったく違うものの、偉大なるアルゼンチン作家ホルヘ・ルイス・ボルヘスの諸短篇にもそれは等しくあてはまる）。

そういうわけで、「短篇小説の野心」に、ミルハウザー短篇の中心的な魅力はすでに言い尽くされている観もあり、訳者あとがきの任をほとんど肩代わりしてもらった気もするのだが、いまあなたが手に持っておられる短篇集は、日本独自の構成なので、そのことについては説明しておく必要がある。

ミルハウザーの短篇を八本収めたこの短篇集の元になっているのは、アメリカで二〇一五年に刊行された *Voices in the Night* である。この *Voices in the Night* には十六本の短篇が収められており、本来ならその十六本を翻訳書でもそのまま一冊の本に収めればよいはずなのだが、そこで生じるのが、厚さの問題である。一般に、アメリカで出版される小説は日本より厚めである。人気作家であれば毎年二、三冊本を出すことも多い日本とは違って、アメリカでは作家が数年かけて一冊の長篇を出すだけのことも珍しくない（生活の手段は、大学で教えるなど、別のやり方で確保する）。勢い、一冊一冊は厚くなる。これは短篇集でも同じで、日本だったら二冊、三冊分あるんじゃないかと思える分量が、一冊のなかに収められていることも多い。そしてこの *Voices in the Night* もまさにそうで、このまま翻訳書を出すとおそらく五百ページを超える分量になる。それは日本の出版事情を考えるとさすがに少し長いのではないかと、白水社の藤波健さんとも話しあい、二冊に分けて刊行するという案を思いついた。

恐るおそるミルハウザー氏に事情を説明し、相談してみると、なるほどよくわかった、では君が作品を二冊に分けて、順番も決めた案を作成してくれたまえ、との返事が来た。これにはおそろしく緊張したが、とにかく無い知恵を絞って、八本ずつ二冊に分けた案を作って送ったところ、幸いにもOKをいただいた。かくして、短篇集 *Voices in the Night* は日本では二冊に分けて刊行される。まず一冊目が本書『ホーム・ラン』であり、二冊目は『夜の声』（仮題）として来二〇二一年に刊行予定である。

Voices in the Night はミルハウザー六冊目の短篇集であり、内容的には多種多彩で、それぞれに独自の奇想が核にある。この『ホーム・ラン』の方に入っている作品だけでも、魔法の鏡磨きの話があり、多くの妻と暮らす男の話があり、自殺願望流行の話、お釈迦様の話、野球の話等々がある。それぞれ中身を異にする八つの宇宙が、この本には詰まっている。

その一方で、この作家の短篇の多くに共通する「ここではないどこかへの希求、その恍惚と挫折」

とも言うべきテーマは今回も健在である。むしろその共通する流れのなかで、またしても新しい手をくり出してくる想像力の、ほとんど不器用なまでの一途さが我々を圧倒する。この八篇で、そうした多彩さも迫力も十分に伝わるものと確信する。

ミルハウザーのこれまでの著書は以下のとおり（特記なき限り柴田訳）。

Edwin Mullhouse: The Life and Death of an American Writer, 1943-1954, by Jeffrey Cartwright（1972）長篇『エドウィン・マルハウス』岸本佐知子訳、河出文庫
Portrait of a Romantic（1977）長篇『ある夢想者の肖像』白水社
In the Penny Arcade（1986）短篇集『イン・ザ・ペニー・アーケード』白水Uブックス
From the Realm of Morpheus（1986）長篇
The Barnum Museum（1990）短篇集『バーナム博物館』白水Uブックス
Little Kingdoms（1993）中篇集『三つの小さな王国』白水Uブックス
Martin Dressler: The Tale of an American Dreamer（1996）長篇『マーティン・ドレスラーの夢』白水Uブックス
The Knife Thrower and Other Stories（1998）短篇集『ナイフ投げ師』白水Uブックス
Enchanted Night（1999）中篇『魔法の夜』白水社
The King in the Tree: Three Novellas（2003）中篇集『木に登る王』白水社
Dangerous Laughter: Thirteen Stories（2008）短篇集『十三の物語』白水社

We Others: New and Selected Stories（2011）新旧短篇集　新作のみ『私たち異者は』として刊行　白水社

Voices in the Night（2015）短篇集　十六篇中八篇を『ホーム・ラン』として刊行（本書）白水社

本国での新作はここしばらく出ていないことになるが、依然として読みごたえのある短篇があちこちの雑誌に掲載されているので、次の作品集が出るのもそう遠くないと思われる。雑誌掲載された邦訳のなかで、単行本未収録作としては以下の二本がある。

"A Haunted House Story"「幽霊屋敷物語」『MONKEY』十五号

"Guided Tour"「ガイドツアー」『MONKEY』十六号

本書に収めた八本のうち「息子たちと母たち」は『MONKEY』二号に掲載した。また、『夜の声』収録予定の「私たちの町の幽霊」は『Monkey Business』十二号に掲載した。

本書は企画段階からいつものとおり藤波健さんにお世話になったのに加えて、前回に続いて編集に関しては鹿児島有里さんの強力なサポートを得た。訳文全体の質を高めていただいた上に、噴飯物の誤訳もいくつか摘発していただいた。この場を借りてあつくお礼を申し上げる。

スティーヴン・ミルハウザーの拙訳を出すのはこれで十一冊目であり、いつもどおり、訳している時間は至福以外の何ものでもなかった。すでにミルハウザーを何冊か読まれた方にも、この本で初めて触れられる方にも、八つの宇宙に浸る至福を共有していただけますように。

二〇二〇年五月

柴田元幸

装　丁
緒方修一
装　画
手塚リサ

訳者略歴

柴田元幸（しばた・もとゆき）
翻訳家。アメリカ文学研究者。

主要訳書

スチュアート・ダイベック『シカゴ育ち』（白水Uブックス）、『僕はマゼランと旅した』『それ自身のインクで書かれた街』『路地裏の子供たち』（白水社）
スティーヴン・ミルハウザー『イン・ザ・ペニー・アーケード』（白水Uブックス）、『ある夢想者の肖像』『魔法の夜』『木に登る王』『十三の物語』『私たち異者は』（白水社）
スティーヴ・エリクソン『黒い時計の旅』（白水Uブックス）、『ゼロヴィル』（白水社）、『Xのアーチ』（集英社文庫）
ポール・オースター『鍵のかかった部屋』（白水Uブックス）、『サンセット・パーク』（新潮社）
バリー・ユアグロー『セックスの哀しみ』（白水Uブックス）、『一人の男が飛行機から飛び降りる』（新潮文庫）
エリック・マコーマック『雲』（東京創元社）

主要著書

『生半可な學者』（白水Uブックス、講談社エッセイ賞受賞）
『アメリカ文学のレッスン』（講談社現代新書）
『アメリカン・ナルシス』（東京大学出版会、サントリー学芸賞受賞）
『ケンブリッジ・サーカス』（新潮文庫）
『柴田元幸ベスト・エッセイ』（ちくま文庫）
文芸誌『MONKEY』（スイッチ・パブリッシング）責任編集。

ホーム・ラン

二〇二〇年七月一日 印刷
二〇二〇年七月二〇日 発行

著者 スティーヴン・ミルハウザー
訳者 © 柴田元幸
発行者 及川直志
印刷所 株式会社三陽社
発行所 株式会社白水社

東京都千代田区神田小川町三の二四
電話 営業部〇三（三二九一）七八一一
編集部〇三（三二九一）七八二一
振替 〇〇一九〇‐五‐三三二二八
郵便番号 一〇一‐〇〇五二
www.hakusuisha.co.jp

乱丁・落丁本は、送料小社負担にてお取り替えいたします。

株式会社松岳社

ISBN978-4-560-09779-3

Printed in Japan